红楼梦影

【中国古典名著·红楼梦续书集成】

〔清〕云槎外史 著

敖堃 点校

内蒙古出版集团 内蒙古人民出版社

图书在版编目(CIP)数据

红楼梦影/[清]云槎外史著. －呼和浩特:内蒙古人民出版社,2015.11

ISBN 978－7－204－13786－2

Ⅰ.①红… Ⅱ. ①云… Ⅲ.①章回小说－中国－清代 Ⅳ.①I242.4

中国版本图书馆 CIP 数据核字(2015)第 299240 号

红楼梦影

作　　者　[清]云槎外史
点　　校　敖　堃
选题策划　田建群
责任编辑　李向东　马燕茹
责任校对　李好静
封面设计　马东源
责任监印　王丽燕
出版发行　内蒙古人民出版社
地　　址　呼和浩特市新城区中山东路 8 号波士名人国际 B 座 5 楼
印　　刷　武汉安捷印刷有限公司
开　　本　710×1000　1/16
印　　张　10
字　　数　135 千
版　　次　2016 年 1 月第 1 版
印　　次　2016 年 1 月第 1 次印刷
书　　号　ISBN 978－7－204－13786－2/I·2664
定　　价　24.00 元

图书营销部联系电话:(0471)3946298　3946267
如发现印装质量问题,请与我社联系,联系电话:(0471)3946120　3946169

出版前言

自从两百年前曹雪芹在一个凛冽的寒冬离开人世，他的巨著《红楼梦》没有终稿，而《红楼梦》的最后结局一直为人所猜测。在乾嘉时代，《红楼梦》因为有了程伟元的木刻本而广为流传，迎来了《红楼梦》的第一个传播高峰。而程伟元本八十回正文后所附之高鹗所续之四十回结局，虽给了《红楼梦》人物一个全面的交代，但在许多人看来，这个结局是差强人意，甚至是不合理的。于是，不少文人骚客拿起他们手中的笔，为这部未完成的巨著添上他们自己认为最理想的结局。这就在乾隆时代后期和嘉庆时代形成了《红楼梦》续书的第一个高潮。

这些续书作者，通过续写《红楼梦》，或是希望按自己的理想，赋予《红楼梦》故事一个更完美的结局，或是发挥自己的写作才能，把这个故事讲得更圆满。于是诸如《红楼圆梦》《补红楼梦》纷纷出版，为《红楼梦》再添一份光彩。遗憾的是，这些续作者们艺术水平、写作才能、思想深度均远不及曹雪芹，且深陷曹雪芹预设的窠臼无法自拔，不仅无法与《红楼梦》相企及，且大多不及高鹗续书，在当时就有"狗尾续貂"之讥。但是这些作者所希望的《红楼梦》人物都有圆满理想的结局，却是符合当时大众审美的，因而有不小的读者群，使得这些续书得以在漫长的岁月里不断再版，不断为读者接受，不断有人评价，且不断有人加入为《红楼梦》写续作的行列中。

到了近代，随着中西文化交流的发展，西方文化不断传入中国。近代出现的《红楼梦》续书和拟作，比乾嘉之时则显得更加多样化。续书作者除了按自己的理解续写《红楼梦》的故事外，有的则是借《红楼梦》的故事框架，抒发自己的社会理想；借《红楼梦》故事，浇自己块垒，如吴趼人的《新石头记》。还有的更是光怪陆离，把西方小说写作技巧运用到中国小说创作中来，如喻血轮的《林黛玉日记》。当代作家亦有续《红楼梦》者，他们把现代小说技巧与现代人对古代社会的理解融入《红楼梦》世界中，别有一番风采。

据统计，《红楼梦》续书大约有近百种，但其大部已经淹没在历史长河中。我们从中选择有可读性者约三十种，逐一点校出版，以飨读者。点校中，得到洛阳白河书斋晁氏藏书楼主晁会元先生大力支持，特此致谢！

敖　堃

2015年12月于南开大学

序

大凡稗官野史，所记新闻而作，是以先取新奇可喜之事，立为主脑，次乃融情入理以联脉络，提一发则五官四肢俱动。因其情理足信，始能传世。

《红楼梦》一书，本名《石头记》，所记绛珠仙草受神瑛侍者灌溉之恩，修成女身，立愿托生人世，以泪偿之。此极奇幻之事，而至理深情独有千古。作者不惜镂肝刻肾，读者得以娱目赏心，几至家弦户诵，雅俗共赏。咸知绛珠有偿泪之愿，无终身之约，泪尽归仙，再难留恋人间；神瑛无木石之缘，有金石之订，理当涉世，以了应为之事。此《红楼梦》始终之大旨也。海内读此书者，因绛珠负绝世才貌，抱恨夭亡，起而接续前编，各抒己见。为绛珠吐生前之夙怨，翻薄命之旧案，将红尘之富贵加碧落之仙姝。死者令其复生，清者扬之使浊，纵然极力铺张，益觉拟不于伦。此无他故，与前书本意相悖耳。

今者，云槎外史以新编《红楼梦影》若干回见示，披读之下，不禁叹绝。前书一言一动，何殊万壑千峰，令人应接不暇；此则虚描实写，傍见侧出，回顾前踪，一丝不漏。至于诸人口吻神情，揣摹酷肖，即荣府由否渐亨，一秉循环之理，接续前书，毫无痕迹，真制七襄手也。且善善恶恶，教忠作孝，不失诗人温柔敦厚本旨，洵有味乎言之。

余闻昔有画工，约画东西殿壁，一人不知天神眉宇别具神采，非侍从所及。画毕睹之，愧悔无地。此编之出，倘令海内曾续《红楼梦》者见之,有不愧悔如画工者乎?信夫前梦后影并传不朽。是为序。

咸丰十一年,岁在辛酉,七月之望。西湖散人撰。

目　录

第一回　贾侍郎药医爱子　甄知县刑讯妖僧 …………………（1）
第二回　蒋玉函完璧归赵　花袭人破镜重圆 …………………（6）
第三回　阻风雪兄弟谈心　训子侄夫妻反目 ………………（12）
第四回　王夫人含饴弄孙　史湘云遗孤诞女 ………………（18）
第五回　祭宗祠贾氏重兴　宴廷臣皇恩宠渥 ………………（23）
第六回　憨宝玉轻视奇珍　敏探春细谈怪物 ………………（30）
第七回　梅公子会试进京　柳郎君搭帮探友 ………………（36）
第八回　一帘风雨祀花神　半夜绸缪偿孽债 ………………（42）
第九回　劝扶正凤姐怜夫　因积德平儿生子 ………………（49）
第十回　宝玉叔侄入翰林　探春姊妹邀诗社 ………………（55）
第十一回　靖边疆荣公拜相　置别墅赦老隐居 ………………（62）
第十二回　诸闺秀花径游春　众纨绔柳阴试马 ………………（69）
第十三回　说官司金氏求情　斗龙舟薛蟠送礼 ………………（77）
第十四回　制瓜灯闺中斗巧　赏荷花席上联吟 ………………（84）
第十五回　聘淑媛贾兰受室　喜乘龙巧姐于归 ………………（90）
第十六回　赖尚显万里传书　梅瑟卿千金赠妾 ………………（96）
第十七回　邢岫烟割肉孝亲　贾存周承恩赏寿 ……………（102）
第十八回　五儿私乞玫瑰露　王婆夜遇芙蓉神 ……………（108）
第十九回　梅花雪啜茗怀人　消寒诗食瓜夺彩 ……………（114）
第二十回　万柳庄恶奴欺主　会仙桥老舅遭拳 ……………（121）

第二十一回　颤鸾篦如玉吹笙　啭莺簧双红度曲 …………（126）
第二十二回　舞凤凰三星共照　佩麒麟四美联姻 …………（132）
第二十三回　告亲老贾琏辞差　谒慈帏荣公罢相 …………（138）
第二十四回　指迷途惜春圆光　游幻境宝玉惊梦 …………（144）

第一回　贾侍郎药医爱子
甄知县刑讯妖僧

话说贾政扶贾母灵柩，贾蓉送了秦氏、凤姐、鸳鸯的棺木，到了金陵，先安了葬。贾蓉自送黛宝的灵，也去安葬。贾政料理坟墓的事。一日接到家信，一行一行的看到宝玉、贾兰得中，心中自是欢喜。后来看到宝玉走失，复又烦恼，只得赶忙回来。

在道儿上又闻得有恩赦的旨意，又接家书，果然贾赦赦罪，贾珍复职，更是喜欢，便日夜趱行。一行到毗陵驿地方，那天乍寒下雪，泊在一个清净去处。贾政打发家人上岸投帖，辞谢朋友。总说即刻开船，都不敢劳动。

自己在船中写家书，先要打发人起早进京。写到宝玉的事，便停笔抬头。忽见船头上微微雪影里面，一个人光着头，赤着脚，身上披着一领大红猩猩毡的斗篷，向贾政倒身下拜。贾政尚未认清，急忙出舱，欲待扶住，问他是谁？那人已拜了四拜，站起来打了个问讯。贾政才要还揖，迎面一看，不是别人，却是宝玉。贾政吃了一大惊，忙问道："可是宝玉么?"那人只不言语，似喜似悲。贾政又问道："宝玉，你如何这样打扮跑到这里?"宝玉未及回言，只见岸上有一僧一道赶来。此时早有人将宝玉搀了进去。这里贾政一声"拿"，只见众家人带领水手将僧、道捆了。贾政吩咐道："你们小心那妖人的邪术。"只见两个小跟班儿的五福儿、四德儿跑了去，每人脸上浇了一泡溺。贾政派人看守妖人，一面将备悉写了一封信，拿了全帖，差人去报武进县。

且说这知县姓甄名应喜，就是甄应嘉的兄弟，乃是进士出身，用了榜下知县，为官清正，真是恺悌君子，无人不感激。

这日正坐早衙放告，头一起带的是伙骗财物的。这原告是个晋人，姓郝名义，就在这鼓楼前开着个长发布店。有个伙计叫作傅有义，当初本是个穷人，这郝老西儿因他打的算盘好，就留他作了伙计，有二年的光景，待他也很好。这天姓傅的来了个亲戚，姓胡叫胡充。说是跟官，那官府船上要用四捆布，讲明价钱，雇了小车子推着，就教这傅伙计同了他的亲戚押着布去领钱。至今一个多月，连推车的都没了影儿了。县令听了，着郝老西儿回去听传。这里发票拿人。

第二起是开集艳堂的魏钱氏，他有个女儿叫作魏小青，是从苏州过来的，真是色艺双全。本处有个原任的公子，姓洪双名大器，同着他家的清客白墀，还有个朋友是监生，叫卜希文。这三个人常到他院中摆酒过宿。先还给钱，后来就把家中的古玩陈设都拿来折算。这日姓卜的借了他女儿一只金镯子，重五两二钱，说是做样子，讨着总说没打得。过了十几天，又打发保儿去讨。恰巧遇见他进当铺，保儿就跟了进去，藏着听。原来是他把镯子暂押了几吊钱，如今又拿了票子来找价要卖。正在商量，被保儿一眼瞧见是他家的东西，便说："卜相公，怎么卖起我们的镯子来了？"卜监生如何肯认，便说是他娘子的，保儿讹他，凌辱斯文，动手就打。保儿也就还了他的席，二人揪扭在一处，保儿的头也打破了，所以被地方拿了送县。知县审明口供，行文到学里，革去监生，枷号一个月，又断了十吊大钱给保儿养伤。当铺无干，释放。又传了魏钱氏当堂领赃。那洪、白二位也就不究了。

将要退堂，又有普济寺的住持悟了和尚喊冤。因他庙里有几间闲房出租，有个秀才名叫吴彦时，十分寒苦，租了一间耳房用功。

和尚怜他是个秀才，也不教他自己起火食，每日随着大众吃斋。先还是偷了海灯的油照亮儿，后来就教和尚给他买蜡，渐渐的又嫌饭食不合口味，没荤腥儿，又要喝陈绍。闹的和尚烦了，要收房子。他倒说，既是“普济”，原该大家吃的。这和尚本来老实，只好将就他。谁知越闹越凶，教和尚替他接唱的。和尚无法，便请了几位相公们评理。他倒说这普济寺本是他的香火院，这和尚不安分，要撵了他，另换住持。和尚闹不过秀才，只好写张呈子来告状。县官问明原告，又行文到学里要了这吴秀才来。皆因公堂有神，吴秀才自然也就说了实话。知县就把这圣教中的败类交给老师，打了十板，记了一过，立逼着搬出庙去。和尚从此也就不敢慈悲了。

知县完了这三案，才打鼓退堂。将到书房坐下，见门上的拿着一个全帖、一封书子进来回道：“工部贾大人差人下书。”

县官说：“贾大人不是起了身了吗？”门上的回道：“据来人说，他们丢了的那位少爷找着了，还拿了两个妖人。”知县说：“嗳呀，这贾宝玉还是奉旨寻访的呢。怎么偏偏的在我地方上。”说着看了来书，说：“你教长班拿我的手本先同来人去，我随后就到。再派四个快头，带了刑具去伺候。”门公答应去了。

这里知县吃了饭，传轿出门。走到毗陵驿的地方，早有驿丞在道旁迎接。知县在轿子里拱了拱手，轿子已竟过去。到了码头上，不见有贾政的官船。又过了一个小坡，远远的望见败芦丛中露着一根桅杆，上挂一面大黄旗，上头写着“工部左堂”，便知是贾政的座船。临近了，见一群戴缨帽的人在那里指手画脚。只见长班跑了过来说：“贾大人的官船在这里。”于是住了轿。船头上的人嚷道：“搭上来罢，地下滑。”这知县断乎不肯，便搭了跳板扶手，又铺上棕毡，知县下轿上船。这里贾政迎了出来，让了门。到得官舱里，知县就要行礼。贾政连忙拉住，说：“贵县咱们又是亲戚，又是世交。这如何使得？”

说着彼此作了揖，分宾主坐下。家人倒了茶，寒温了几句。知县说:"这件事实在是万幸,可喜可贺。"贾政说:"总是贾政无德,才有这样异事。"知县说:"也是世兄该有这几天的坎坷,但是那僧、道实在该死。"便叫跟班的去传给快头,先将妖人押去,晚堂听审。又向贾政道:"请世兄见见,不知可否?"贾政道:"原该叫他出来请安的。"于是叫人将宝玉扶了出来,见他面色青黄,仍是僧装,见了人也不请安,也不作揖,只是发怔。知县道:"管家,你扶少爷进去罢。"便对贾政道:"据卑职看,世兄这光景竟是一团邪气,须得用药调理才好。"贾政道:"贵治必有名医。"知县笑道:"医家虽有几个,也都靠不住,无非是骗马钱耳!"说着打荷包里掏出一个纸包儿,打开是一丸子金丸儿药,托在掌上,向贾政道:"这是去年家兄寄来的保心丹,专能驱邪安神,用阴阳水调服。"贾政接过来,叫人依方调服。这里又说些闲话,看了看表,问道:"吃下药去怎么样?"家人回道:"吃下去只听肚子响了几阵,此刻出恭呢。"知县道:"你看看下来些什么?"家人进去,少时出来说:"走了些黑东西,像膏药似的。"知县说:"你再看看里头有什么没有?"家人又去看了,说:"里头有好些像红线似的虫子。"知县向贾政道:"我们可以进去看看脉息。"贾政道:"原来贵县善岐黄之术呢。"知县道:"岂敢。"说着进了房舱,见宝玉脸朝外睡着,此时脸上已有些血色了。知县道:"不要惊动。"遂在床前一个小杌子上坐下看脉,看了一会,出来对贾政道:"病是退了大半,须把病根除了才好。"贾政道:"愚父子何以报答盛德?"说着又作了个揖,便要留饭。知县告辞道:"还赶晚堂审案呢。"又嘱咐道:"他不要吃不可强吃,明日再送两丸药来,须把邪物泻净,那就痊愈了。"说罢,告辞上轿去了。

贾政送了知县,回进后舱。见宝玉仍然睡着,贾政便在对面坐了,呆呆的看他。只见宝玉翻身醒来,此时心中已经明白,瞧见父亲,慌忙跳下床来,抱着父亲的腿,放声痛哭。贾政道:"我的儿,几乎把为父的坑死!"便也哭起来了。进来两个有体面的老家人劝住贾政,问宝玉此刻觉着怎么样?宝玉道:"觉着很饿。"贾政命人伺候他吃饭已毕，又问他：“到底是怎么就跟了他们出来？”宝玉道：“那天同侄儿出场，走到龙门口，人多一挤，就不见兰儿。我想着他必是在下处等我。刚走了几步，就遇见那回送玉的和尚，说：‘他们都坐车回去了，我送二爷回府罢。’说着，又过来个道士，在我身上拍了一下，就胡涂了。后来也有明白的时候，也有胡涂的时候，只是说不出话来，也不知走的是些什么地方。今早一阵明白，看见船上的旗字，又瞧见五福儿在后艄上，就知道是父亲的船，我赶忙跳了上来，就又胡涂了。”说着，夜已深了，父子安息。

次日一早，知县就差人送了药来，又打听宝玉的光景，又说请大人耽搁几天听听这案再起身。贾政赏了来人，只得在此听信。便写了一封家信，就派鲍喜上岸，雇了个包程骡子，赶紧回家报信不提。

且说武进县将妖人过了一堂，十分狡展。第二堂，用了大刑，才吐实情。因同党中有个妖妇马道婆，是宝玉的干妈。因马道婆的引情，认识贾府。后来马道婆用魇魔法害宝玉，又教他们去解救。马道婆又把宝玉的玉偷了出来，教他们送去，故作神奇，无非为骗贾府的银钱。又究出那年把锦衣府赵大人的公子拐去，用邪术闭了心壳，假作罗汉降凡，到处惑众敛钱。没一年的光景，就把个少年公子折磨死了。所以那日在举场，遇见宝玉只身在那里发怔，他们就照赵公子的例办理，不想天网恢恢，遇着他父亲的船。罪无可辞，知县审明口供，当堂画供，作了文书，详了制台。因这宝玉是新科举人，又是国戚，曾奉谕旨寻找的人，所以连忙具折奏闻。马道婆另案业经绞了，无庸议。便请了王命，派了四个刽子，把这两位神仙送到太虚幻境去了。

这里知县差人把案底送与贾政看了，贾政父子才知全是马道婆一人兴妖，十分感激甄知县。自己到武进县谢过知县，即日开船趱行。此刻已是初冬，河面渐渐冻了。不知贾大人如何到京，且听下回分解。

第二回　蒋玉函完璧归赵
花袭人破镜重圆

话说蒋玉函这日娶袭人过门，见他愁生粉靥，泪洒秋波，断不肯俯就。那姑爷原是极能柔情曲意的，所以也就不肯相强了。到了第二天，开箱看见那条猩红汗巾，忽然又想起那年行酒令儿，听见说袭人姓花，便知是宝玉的通房了。想宝玉待他的情意，倒觉不好意思，故意的拿了那条汗巾问袭人道："这是买的呀，还是人送的呢？"那袭人见了这汗巾，更加伤心，并不回言，惟有痛哭而已。蒋玉函原是戏旦出身，那些风月场中是他熟悉的，也就不肯细问了。便道："当初二爷待我的恩情，想来姑娘也知道罢。如今也不用伤心了，我自有个道理。"说罢，便叫小丫头告诉外头套车；又叫老张妈来，说："你好好的伺候花姑娘。"说罢，换了衣裳出门去了。这老张不知就里，自然是泡香茶，摆点心，不必细说。

且说花自芳自送亲回来，便与他女人商量给姑娘送吃食，接回门。正自张罗，忽听外头叫门，便叫他女儿蕊儿出去瞧。这孩子跑出去，隔着门缝儿看见，便嚷道："爹呀，新姑爷来了！"花自芳听了一怔说："他这会子作么来呢？"他女人说："想是他们南边的规矩，谢亲来了。"花自芳听了，便抓了顶帽子出去迎接。开了门，见那蒋玉函戴着顶熏貂的帽子，穿着酱色洋绉面大毛皮袄，翻穿着猞猁狲的马褂。见他这个打扮，不像谢亲的样儿，竟不知是那葫芦药。彼此作揖，让到房里。

他女人也见了，倒了茶坐下。花自芳便说："老妹丈，这么早来有何见教呢?”蒋玉函说:“小弟此来,是为令妹的事情。自昨日进门,水米未沾唇,直哭到如今。当初媒人原说是老太太房里的,如今才知道是在宝二爷那边的,小弟也曾受过二爷的恩惠。我虽是生意行中的人,这点良心是不敢昧的。”花自芳听了这话,半天才说道:“依老妹丈怎么样呢?”蒋玉函笑道:“花大哥以后不可如此称呼!依小弟说,就劳尊嫂去将令妹接回。或是在家等候宝二爷的信息,或是仍回府去。那时节又全了令妹的志,又尽了小弟的心,岂不是两全其美呢?”那花家的便接言道:“这话不是那么说,我们姑娘原有点儿脾气,只好姑爷将就些儿,那有接回来的理呢?要是说到宝二爷那层呢,更是没的事了。那宝二爷不知上那角里去了,是死是活还未可定呢!他还回来吗?”蒋玉函说:“他既能高中,断不是没结果的人。前日还听见都老爷们说,万岁爷有旨意叫各省出告示找寻呢,岂有不回来的理?”花自芳说:“他回来不回来咱们也不管,但是好好的一件事,这是怎么说?”蒋玉函说:“小弟的主意已定,先将令妹接回,一应的妆奁,容日照单奉璧。还有一层,小弟在京年久,并没个亲人,就和花大哥作个异姓弟兄,那才更亲热呢。”花自芳叹了一口气道:“说是这么说,到底不成事啊。”他女人说:“等我劝劝姑娘再说罢。”那蒋玉函站起身来,拱了拱手说:“就请嫂嫂辛苦一趟罢。”说着便上车去了。

这花自芳送了蒋玉函回来,对他女人说:“这是从何说起!”他女人说:“可说呢,要是为别的事呢,我当初也和媒人露了点口话儿。再者,瞧他那光景不是为那个似的。”花自芳说:“那倒不是。他本是个有名的相公,或者和宝二爷有交情也是有的。”他女人说:“他才没说吗?你都吓胡涂了,不用说了,等到那儿见事作事罢。你雇车去,我收拾收拾好走。”这花自芳自去雇车,这花家的从新梳了梳头,穿了一件绿绫子棉衬衣,套了一件宝蓝宫绸面花灰鼠皮袄,换了两只新鞋。此时车已雇来,他便带了个小小断祥儿,上了车,竟奔蒋家。

不一时,到了蒋家,下车进去。早见蒋玉函迎了出来,又作了揖。这花家的也拜了拜,让到上房。老张掀起红毡板帘,笑着说:“舅奶奶来劝劝我们新奶奶罢!坐着直哭了一宿。”

那花家的也不理他，进到堂屋，蒋玉函便说："请东里间坐罢，我还有点事呢。"说着去了。这花家的掀起红绸软帘，见袭人云鬟不整，珠泪双抛。见他嫂子进来，起身让坐。他嫂子说："我的姑奶奶，你要怎么闹呢？"袭人说："你不用混说，且把来意说给我听听。"他嫂子便将蒋玉函的话细细述说了一遍，袭人甚实感激。花家的又说："依我说，姑娘你也别一冲的性儿，就这姑爷模样儿、家当儿，那一样儿配不过你。要说是为宝二爷，我劝你直不用惦着他，他连老爷、太太、二奶奶都掷了，还有你啊！"袭人说："他撇了父母妻子，那是他的错；不忘受恩深重，这是我的心。咱们在这儿也不用说了，等到家，同了哥哥再说罢。"此刻老张倒了茶来，袭人便对他说："请你们蒋大爷来，我有话说。"老张答应去了。不一时，蒋玉函进来，他姑嫂站起身来让坐，他便在挨门的一张椅子上坐了。

袭人含悲说道："才听见我嫂子说，和我哥哥作了异姓弟兄，如今便是兄妹了。深感大哥的仁义，成全妹子。此恩也只好来生报答罢，先受妹子一拜。"说罢，便磕下头去。慌的蒋玉函连忙还礼说："姑娘，这是怎么说呢？"袭人含泪道："如今既是兄妹，倒可以说了。"便将那年忠顺府要人，宝玉挨打的事说了一遍。这蒋玉函深感宝玉是个情种，不觉滴下泪来，说道："姑娘把随身的东西收拾收拾，好同嫂嫂回去。"袭人听了，便将随身用的打了两个包袱。此时花家的便不称呼姑爷了，说道："这件事实在对不住兄弟，只好明儿教你大哥来磕头罢。"蒋玉函笑道："嫂嫂言重了，往后来我和大哥还要常见呢。"于是姑嫂作别，上车去了。

这蒋玉函作了这么一宗美事，倒觉心里痛快。正是：不因花事随风去，那得珍珠照夜来。

且说袭人同他嫂子到家，花自芳接了进去，袭人便放声痛哭。他哥哥说："姑娘，这不是和我过不去吗？"袭人听了这话，便止住哭声说："难道我和妈说的话你不知道吗？在太太呢，自然是那么说。你们为什么趁着我病的昏沉，就拉了出来？我要想别的主意罢，到底是一奶同胞，又怕坑了你。亏了那姓蒋的讲礼，不然我的命不着你们要了吗?”说着又哭起妈来,花自芳也便哭了。他女人在旁边抹了抹眼睛,劝道:“不用哭了,咱们说正经的罢。依姑娘是怎么样呢?”袭人说:“我也不犯跟着你们受罪,你进去把这件事细细的回了。太太、奶奶施恩,我还是服侍二奶奶去。”花自芳说:“吃了饭,你就进府去。”说着,大家吃饭。未免他夫妻又安慰袭人,按下不提。

且说贾府自宝玉去后,王夫人昼夜啼哭。亏了宝钗明白,百般的劝解。又有亲友们因贾兰中了来道喜的,也有因宝玉的事来打听的,又忙着张罗贾兰履试,这王夫人也只好扶病支持而已。这日饭后,正与李纨、宝钗、平儿围炉闲话。这平儿因他待巧姐儿跟前有功,商量着等贾赦回来就要扶正,所以也随着李纨、宝钗在王夫人前解闷。见个小丫头进来回道:“花自芳媳妇请安来了。”王夫人说:“叫他进来。”这花家的进来给王夫人和奶奶们都请了安。王夫人说:“你小姑子过去好哇?”这媳妇回道:“奴才正是为他的事,求太太、奶奶的恩典来了。”王夫人说:“你说罢!”便将袭人的事,从头至尾说了一遍。

王夫人又伤起心来,宝钗更觉悲痛。王夫人半晌说道:“当初原是我因为他服侍二爷一场,怕耽误了他那岁数儿,才教你们好好的聘嫁他。怎么又要回来呢?”宝钗道:“他原是不肯出去的,又不敢违背了太太的命。如今既是那姓蒋的如此慷慨好义,就求太太施恩,叫他回来跟着我罢。我本来也是离不开他的。”王夫人含泪点了点头儿说:“就是那么着罢。”

平儿道:“那年宝二爷挨打,就是为他吗?”李纨道:“你忘了?那回忠顺府送戏,他不是还唱了一出《题曲》,老太太很喜欢,还赏了一匹尺头。”平儿说:“就是他吗?这就怪不得了。”王夫人道:“这姓蒋的未免太苦了,闹的人财两空,倒怪可怜见儿的。”平儿笑道:“太太要是可怜他,就照样儿陪他一个。”王夫人道:“你教我拿谁陪他?”平儿道:“现有个人,模样儿、身量儿、岁数儿、连名姓都一样。”说的李纨、宝钗都笑了。李纨问道:“他也姓花么?”彩云笑道:“不但姓花,他们还是姐妹呢。”宝钗道:“不是姐妹是什么呢?”彩云道:“二奶奶不知道,袭人的妈还是他干妈呢!”王夫人道:“你们说的到底是谁呀?”平儿说:“太太不是要给珍珠说人家儿么？太太瞧这件事怎么样？”王夫人说：“这倒罢了，我本也不肯配家里的小厮。”便对花家的说：“再赏你个小姑子罢，回去告诉你男人，教他对那头儿就说我的主意，嫁妆也不用拿回来。你们也不用费事，我再赏你们几个钱，给他添补点儿零碎东西。拣个好日子，把袭人送进来，把珍珠接出去就结了。”这媳妇听了，欢天喜地，给王夫人磕了头。

正说着，忽听贾兰的声音，跑进来说：“太太，爷爷打发鲍喜报喜来了！”王夫人自宝玉走后，便十分钟爱贾兰，只道又是他来承欢解闷，便说道：“这小子又来哄我。”只见贾兰掀帘进来，手里拿着封书子，先给王夫人请安道喜；呈上书子，又给母亲、婶娘都道了喜。王夫人见是贾政亲笔写的平安家报，且不开封，便问贾兰：“什么喜事，吓人忽拉的。”贾兰说：“我叔叔回来了，还不是喜事么？”王夫人听了这话，便问：“你叔叔回来在那儿呢？”贾兰道：“才听见鲍喜说的，自然信上写着呢。”王夫人便把书子递给李纨道：“你们先看罢。”一面教小丫头带进鲍喜来，“我问问他。”

这里，李纨等退入里间，自去看信。不多一时，隔着玻璃见鲍喜戴着顶破皮帽子，穿着件灰色布缺襟袍子，上头穿着黑羊皮马褂，满面风尘进来，给王夫人磕了头，道了喜，站起来回道：“老爷问太太好。”说着又请了个安，说：“奴才二爷请太太安。”王夫人道：“你老爷好哇？你二爷在那儿呢？快些说罢。”鲍喜便将如何见着宝玉，如何拿获妖僧，知县如何治病，细细的回了一遍。王夫人听了悲喜交加，问道：“老爷得几时到京呢？”鲍喜说：“奴才是起早赶来的，老爷到家只怕得月底月初，听说还要听听那案呢。”王夫人道：“你出去把这些事回你琏二爷去罢！”鲍喜答应着自去回话。这里李纨、宝钗、平儿连忙出来给王夫人道喜。那花家的在廊下已竟听见，忙着进来道了喜，跑回家给袭人报信去了。

此时荣宁两府，上上下下，无人不知宝玉回来的信。此刻贾琏也下了衙门，见过了鲍喜，便进来给王夫人道喜，又见了李纨、宝钗彼此都道了喜。王夫人教他派人拾掇书房，预备接风。不一时，薛姨妈也来了，大家见了面，无非是欢喜，不必细说。王夫人便留姨太太住下。到了晚上，就把珍珠换袭人的事告诉了一遍，又说袭人的名字原叫珍珠，薛姨妈也甚实欢喜。

过了两日，花家的便送袭人进来，见面时不免又是一番悲喜交加。

那珍珠，王夫人已向他说明，今日又赏了一百银，还有他伺候老太太时积蓄的，零零碎碎也倒拉了两车，叩谢了主人，大家未免又是难舍难离的。后来嫁到蒋家，甚实舒心乐意，不必管他。这里王夫人惟有日夜盼望他父子到家，算着今日不知走到那里了。且听下回分解。

第三回　阻风雪兄弟谈心
训子侄夫妻反目

话说宝钗正看着袭人、麝月、莺儿、秋纹四个人给宝玉抖晾皮衣裳，拾掇铺盖。只见王夫人打发小丫头来说："太太叫二奶奶呢。"宝钗听了就嘱咐了他们几句，便往上房来见王夫人，说："太太叫我呢？"王夫人笑道："有件事和你商量，我想袭人的事老爷回来就不用提了。不然，老爷有好些拘泥脾气，那倒不相宜。他既是回来，你索性挑个好日子替他开了脸。如若老爷问时，就说是我的主意。就是环儿罢，自从他妈死了，倒像那没笼头的马。说亲呢，又没有那合适的人家。我想就把彩云给他收了，到底有个招揽儿。你想怎么样？"宝钗笑道："太太想的很是，我也风言风语的听见说环兄弟在外头闹的利害。"王夫人道："还有一件，宝玉这一回来，你也劝着他用用功。明年还要会试，倘能中个进士，也赎赎咱们家的脸。别教他整日家和丫头们一块儿顽顽笑笑的。"宝钗笑道："我还有一件事要求太太。我想麝月、莺儿也都大了，却倒很中用，莫若把这两个也留下，就是使唤着也方便。秋纹就配了焙茗，剩下的几个都小呢。"王夫人笑道："既是你这么贤惠，我有什么不肯的？只是别教他们鸡争鹅斗的，看人家笑话。"宝钗笑道："太太自请放心，有我呢，他们也不敢。"王夫人点了点头，便说道："到家快了，他应穿的衣裳早些打点出来，省的临期忙。"宝钗道："才可不是瞅首他们抖晾呢。"王夫人道："去罢，叫他们弄就是了。可别自己动手，小心着点儿好。"宝钗答应着自去料理不提。

且说贾政此时已入山东交界，运河堪堪冻实了，便叫人到码头上雇了两辆二套的太平车，他父子坐；四辆五套的大车，拉行李；还有几个骡驮子，便起早登程。走了几日，这一天只见彤云密布，拉绵扯絮的下起大雪来，一望无际，真是白茫茫的一片银海。车夫们只嚷冻的慌，那众人也觉寒冷。正走着，只见路旁有几间草房，并没院墙，周围是篱笆，倒被雪压倒了一半。柴门外一株老树，树枝上挂着个破笊篱，一个砂酒壶。旁边一堆粪，早被那雪埋住，有几只鸡在那里刨食。

贾政叫家人去买些酒来，大家搪寒。家人下了牲口，用鞭子敲那柴门，出来了一条癞狗扑着乱咬。半晌，出来个老婆子，头上罩着块蓝布，穿着件挺厚的蓝布短棉袄，下边没穿裙子，是一条酱色布的破棉裤，两只黑油布的靴子，手里拿着半拉破瓢。问道："你们是作什么的？"家人道："你这里卖些什么？"婆子道："卖酒，还有麻花豆腐、鸡子。要吃饼，是现打。"家人问道："酒卖多少钱一斤？"婆子道："不论斤，六个钱一碗。"家人走到车边回了贾政，贾政道："买碗酒来看看。"家人买了一碗酒，捧到车边。贾政见是一个拳头大的白砂碗，盛着多半碗烧酒，接过来尝了尝，笑道："虽是村酿，滋味却醇。"便将剩的半碗叫人送给宝玉，教他煞煞寒气。于是众人也有喝酒的，也有吃麻花豆腐的。一阵吃完，算还了钱，上了牲口又走。

看看天晚，那雪越下的大了。前面已是站头，紧走了一阵，早见打前站的家人在路北一座店门前等候，招呼车辆赶进店来，搀着他父子下车。掸了掸雪，早有人掀起那旧毡帘子，贾政进来，见是一明两暗三间，靠后墙一张条案，前面一张八仙桌子，两张椅子，当地笼着一个炭盆，迎面挂着幅三星图，旁边一副对联。贾政叫人拿灯照着，看上写着：

帘影招来天下士，鸡声唤醒梦中人。

贾政看了，点了点头，对宝玉道："上联不过是店家的话，下联颇有点道理。"宝玉道："这字写的也可以，但不知是什么人作的。"又见满壁上写着好些歪诗，也不去看他。家人便请示老爷，就摆饭罢。又问："老爷在那屋里歇觉？"贾政道："我就在东间，你二爷在西间。"说着摆

上饭来。

将要吃完,只听许多车马进店。家人们出来看,只见从车上搀下位老者。灯光之下,不是别人,却是贾赦。忙过来请了安,回道:“奴才老爷在那边呢,就请大老爷那边坐罢。”早见贾政父子接了出来,请了安,两下的家人都请了安。宝玉搀着贾赦回到上房坐下。说起贾母去世,大家哭了一场。贾赦把宝玉搂在怀里,哭着说道:“刚有这么一个好的,又弄了这么件事情出来,到底是怎么个缘故?”贾政叫人摆饭,说道:“吃了饭我细细的告诉哥哥听。”又叫家人:“把大老爷的行李搬到西屋里,把你二爷挪到厢房去。”贾赦道:“不用。就教宝玉跟着我睡罢。”便向宝玉道:“你先睡去罢,我还得喝会了呢。”贾政道:“大爷叫你睡去呢。”于是宝玉先去睡了。

这里贾政便将宝玉的事从头至尾说了一遍。贾赦道:“本来咱们这样人家,就不该招惹那些人。老太太原是好善,最可恶那些姑子们,倒像是他的家,一去了就满道是处的混钻。咱们到了家,严严的传给门上,那些东西们永远不许进府,少好些是非。”贾政道:“哥哥说的很是。这一到家,有好些得整理的呢。”说着夜已深了,各自安歇。

次日起来,仍是大雪不住。家人上来回道:“骡夫教求老爷多住一天,地下太难走,牲口搁不住,就是咱们的东西也怕糟蹋。”依贾政还要赶路,贾赦说:“多住一天也使得,下站叫他们多辛苦些儿就有了。”于是又住了一天。

次日雪霁天晴,一同起身。走了几天,离京只有两站。这日天气甚好,多走了三十多里,天已晚了。见路西一个大客店门上挂着工部左堂的灯笼,便知有人接出来了。将车赶进店门,早见贾琏戴着貂帽,穿着宝蓝大毛袍子,翻穿海龙马褂,拿着个明角小提灯,站在屋门口指挥众人。见车进来,把灯递给跟班的,跑下台阶,迎着车,给父亲、叔叔都请了安。宝玉跳下车给贾琏请安。大家进了门,见屋里甚是干净,笼着火,点着安息香。二位老爷就在东边顺山大炕上坐了,贾琏替太太们众人都说了请安问好的话,又张罗着摆饭。众人搬完行李都请了安。

父子四人吃完晚饭，贾赦问贾琏："家里除了宝玉的事，还有什么新鲜事？"贾琏摸不着头脑，又不敢说有无。贾赦道："我在口外遇见个藩王，却不认识。只是和我说：'千万别见怪。来人原说是府上的使婢，后来知道是令孙女，赶着把庚帖送回去了，把自己的家臣也革了'，只是赔不是。我们不在家，怎么就闹到这步田地？"贾琏听了，走过来跪在父亲面前，哭着说道："老爷不问，儿子也不敢说。"便将巧姐儿的事细细说了一遍。二位老爷听了，气的目瞪口呆。贾赦道："那老少二位舅老爷呢，向来就是见利忘义的手！那三个东西难道把侄女妹子换了钱使，从此永不见人了吗，将来怎么见祖先？可见是利令智昏了！"又向贾政道："还有你嫂子，越老越昏。难道儿子不是他生的，就该信着自己的兄弟作出这忍心害理的事来？"贾政道："也不必生气了，到家再说罢。"又说了些家中零碎事，大家歇了。

次日寅初就动身，到家已是酉正的光景。见大门外许多家人站立迎着车，一一的都请了安。进了大门，是本家的子侄等候迎接。下了车，都过贾赦这边来。进了垂花门，女眷们都在上房院子里迎接。大家见过了，王夫人带着李纨先过去了。此时宝钗是临月的身子，所以没来，就在那边等着见贾政。这里贾政父子略坐了坐，也就过来了。王夫人正在坐等，听见说老爷过来了，王夫人站起身来迎到屋门口，拉着宝玉痛哭，众人无不落泪。宝钗因在公婆面前不好十分悲痛，略站了站，王夫人就教他回房去了。李纨递了茶，又有仆妇、丫头们都给老爷、二爷请了安。王夫人就教李纨带着贾兰也过去了。贾政一抬头，见贾环站在那里，厉声道："出去！明日再和你说。"贾环吓的退了出去，一溜烟儿跑了。王夫人命宝玉坐在身边，摘下帽子来，摸着他的头发道："这不僧不俗的可怎么好呢？"贾政道："只好除了至亲一概不会客，就说用功呢。到明年会试的时候，也就长起来了。"又把妖僧的事说了一遍。王夫人听了道："那马道婆实在不是东西，老太太和我怎么样的待他，因他是宝玉的干妈，所以那生日八字他都知道，就作起没良心的事来，一般也遭了报了。"说着已有三更天气，王夫人就教宝玉："歇着去罢，老爷也乏了。"宝玉答应着出来，早有小丫头拿灯送去。

宝玉进了院门，见袭人、麝月、莺儿迎到院里。宝玉进房坐下，袭人捧过碗茶来，宝玉在灯下一看，说："我出去几个月，怎么都改了样儿了？"袭人把脸一红，搭讪走开。宝钗略说了几句话，见宝玉似有困意，便向袭人道："你就服侍二爷在东套间睡罢。"袭人道："已经铺在里间了。"宝钗道："我这两天夜里不住起来，倒闹的大家不安。你听我说，以后你们倒三儿，一个服侍二爷、俩跟着我。"宝玉笑道："这才公道呢。"说着，见莺儿捧着个银茶盘，里头是个细磁小盖碗，说："奶奶的药蒸得了，就吃罢。"宝钗道："临睡再吃罢。"宝玉问道："你吃什么药？"宝钗道："太太叫吃宁坤丹呢。"听了听，钟打十二下。宝钗道："该睡了，明日还有好些事呢。"宝玉知宝钗产期已近，不便同宿。就着袭人服侍在套间去睡。

袭人就把蒋家的事哭诉了一番，这宝玉不但不嗔怪他，反倒感那蒋玉函是个义士。这一夜自然是相怜相爱，不必细说。

次日起来，洗了脸就上去请安，随着贾赦、贾政到祠堂行了礼。贾赦向贾政道："到我那边去，有件事咱们商量。"说着同到东所，见了邢夫人，坐下。贾赦教把贾环、贾蔷、贾芸带来。贾琏答应，带了三人进来，跪在贾赦面前。贾赦道："你们做的好事，几乎把我的孙女儿逼死。难道你们还不及平儿吗？贾氏门中如何有这样子弟！"说着教贾琏把他们带到祠堂，每人重打二十板子。贾琏领命，自去打人。贾赦向贾政道："我出去这几年，几乎把这把老骨头掷在外头。好容易蒙皇上天恩，叫了回来。一到家就惹气。"指着邢夫人，说："他听信他兄弟作出这样事来，不说自己认错，反护着他兄弟，和我闹。"

正说着，贾琏带领了三人进来磕头。贾赦说："环儿岁数儿小，也没有那么大胆子，都是这两个畜生主谋。以后，他们两个除了祭祀不许进门。要是叫我撞见，定拧折了腿。"说罢，三人诺诺而退。

贾赦又说道："瞧这家里光景，我是不能住了。在外头朋友们帮了几个钱，我要在离城近的地方置个小园子，倒可以娱老。"贾政道："何不把大观园收拾一处住呢？"贾赦道："那还是在家里，我总愿意在城外头住。"贾政向贾琏道："你就留心打听着。"贾琏道："前日冯紫英来提了一处，托我给他会个主儿。说离城有十几里，五十多间房子，有山有水。要四千五百银。”贾政问道：“谁家的？”贾琏说：“是个内相的，本人没了，这是他侄儿卖。然而他们脑中有什么邱壑，恐其局面不大。”贾赦道：“我原不要大，只要合适就好。”贾政道：“你闲了就同冯老大去看看，要是树木好，还可以因树为屋呢。”贾赦道：“我只交给你三千银办去，赚不赚将来也是你的。”说着便留贾政在这边吃了早饭过去。后来贾琏去找冯紫英，不知那园子成与不成，且听下回分解。

第四回　王夫人含饴弄孙
史湘云遗孤诞女

话说贾政自那日到家，忙着报服满、销假、请安、上衙门。又有亲友家请酒、送戏，一概辞谢。这日正在上房和王夫人闲坐，只见周姨娘在王夫人耳边说了几句。王夫人道："快叫人接姨太太去。"贾政问："什么事？"王夫人说："只怕是媳妇要添了。"贾政道："你快去看看！"王夫人扶着小丫头到宝钗房里，见宝钗蛾眉紧蹙，不胜其苦，麝月搀着在地下来回的走。那收生的高姥姥坐在椅子上吃烟，见王夫人进来，他站起身来说："太太过来了！"王夫人问道："怎么样？"姥姥说："还有会子呢。"人回："姨太太来了。"早有仆妇们接了进来，彼此问了好，又向宝钗问道："觉怎么着？"宝钗勉强笑了一笑。姥姥说："快了。"又向薛姨妈问道："大爷家的妞儿好哇？"薛姨妈道："这两天变狗呢。"王夫人说："姨太太看着他们蒸上药，我找九合香去。"薛姨妈道："去罢，这里有我呢。怪冷的天，别来回的跑了，看冻着。"

王夫人自去找香，才要过来，见莺儿笑嘻嘻的进来，给王夫人请了个安说："太太大喜，添了个哥儿。"王夫人看了看钟，正是申初二刻，乐的扶了莺儿就走，忙着回头说："快告诉老爷去！"到了这里，薛姨妈迎着互相道喜。

进屋来，见姥姥正断脐带。王夫人说："好大个胖小子！"又问："宝钗喝了定心汤没有？"宝钗道："才喝了白糖水了。"王夫人道："暖着些，别着凉。"又笑道："叫宝玉来瞧瞧他儿子。"早有小丫头们跑去把宝玉叫来，宝玉给王夫人、薛姨妈都请了安。王夫人道：“你瞧瞧！”宝玉笑道：“我从来没瞧见过小孩子。”

姥姥道：“二爷等着罢，后头跑着一大群呢。”说的家人都笑了，宝玉红了脸，就往外走。王夫人道：“你回来，我告诉你，明日早起，祠堂、各长辈都要磕头的。”宝玉笑道：“这是什么规矩？”王夫人道：“头生儿还得到你丈母娘家去呢。”薛姨妈说：“那倒不必，在这里见过就是了。”宝玉走到王夫人耳边说了几句。王夫人说：“很不必，我已经叫人拾掇出西套间来了。”说着李纨、平儿、周姨娘都来道喜。

姥姥把孩子裹好递与薛姨妈说：“太太抱着罢，我洗了手就要走了。”王夫人说：“你什么事这么忙？”姥姥说：“太太不信，问问东大街张宅里催了几次了，少奶奶也是头生儿。”王夫人道：“既是这么着，别误人家的事。”便叫玉钏儿拿了四两银给他洗手，薛姨妈也是四两。姥姥谢了。王夫人又说：“后日早些来，等你吃面呢。”姥姥答应着去了。

这里传给茶房，染喜果送亲友；又传给厨房，后日预备汤饼面；又说连大太太那边下人都有。李纨回道：“才打发人到姨妈那里，还有三姑奶奶、史大妹妹、我三妹妹、琴妹妹各处都去送信。”王夫人笑道：“何苦都教人家费事？”李纨道：“大家都关切的很。姨妈和三姑奶奶两处不必说，那三处要不告诉他们也不依我。”于是大家看着宝钗喝了粥。王夫人又叮咛了几句，各自散去。

次日，梳了头就过这边来。见宝钗在暖阁里，头上勒着包头，身上披着大红绉绸白狐肷抖篷。见王夫人进来，笑着说：“太太昨日没乏着啊？”王夫人说：“喝了粥没有？”宝钗说：“喝了。”王夫人问：“孩子呢？”宝钗道：“他揣着呢。”王夫人一回头，见袭人坐在炕里头，怀里揣着孩子。王夫人说：“你会吗？”袭人笑道：“哭的怪可怜儿的，我怕他害冷。”薛姨妈说：“学着点也好。明儿自己有了才省的累人呢。”袭人把脸一红，低下头去。

只见李纨、平儿也都过来，又见薛家的老婆子进来，后头有二门上的小厮挑着八个红盒子、又抱进个红布大包袱来。婆子都请安道喜已毕，走到王夫人跟前说：“这是我们太太送姑奶奶的，包袱里是给哥儿的，还有两份是两位奶奶送姑奶奶的。”王夫人道：“何必如此费心。”又笑道：“你来的好早哇！”薛姨妈说：“昨日晚上我就教刘家的回去了。”王夫人道：“我说呢，买东西也得工夫儿呀！”宝钗问婆子道：“明日奶奶们都来吗？”婆子说：“妞儿发热呢，大奶奶不能来，二奶奶是准来的。”说着又有几家送礼。

只见宝玉的乳母李嬷嬷进来，王夫人说：“你上次讨药，你们媳妇添了吗？”嬷嬷说：“早满了月了。”王夫人问：“养个什么？”嬷嬷说：“又是个丫头！”王夫人问：“贵儿几个孩子？”嬷嬷说：“还有头里媳妇留下的两个。”王夫人说：“你叫他进来，给哥儿开开口。”嬷嬷说：“什么开口不开口的，太太的恩典，就教他奶哥儿罢。”薛姨妈说：“他进来，你们孩子呢？”嬷嬷说：“给了他嫂子了。”平儿说：“他那些还要过继人家的？”嬷嬷说：“他的都是小厮，爱个女孩儿。”王夫人问：“平儿，你怎么知道？”平儿说：“他就是跟大老爷的靳禄的妹子，小名儿叫香儿。”王夫人问：“当过差吗？”嬷嬷说：“没有。就是他妈和他哥哥在里头。”王夫人说：“你叫他去罢。”

去了一会，就把媳妇带来。见他身上紫茧绸棉袄套着青绉绸长背心，露着两只月白绉绸小袖子，细细儿的身子，鼓鼓儿的脸，高高儿鼻子，弯弯儿的眉毛，长长儿的眼睛，黑黑儿的头发，白白儿的皮肤，淡淡儿的擦着点脂粉。进来都请了安，王夫人问：“你今年多大了？”媳妇回道：“奴才二十三了。”又问：“你们贵儿呢？”媳妇笑着说：“三十一了。”王夫人点了点头，便道：“你给他吃吃罢。”媳妇答应着就解开怀。薛姨妈说：“挤挤再吃。”

只听人说：“三姑奶奶来了。”就有许多仆妇、丫头簇拥着探春进来。见他穿着石青刻丝八团夹花皮褂，露着大红刻丝立水袍，围着镂金嵌宝双龙项圈，戴着珠钗翠钿，越显得霞脸云环，真是光照四堵。大家见过礼，王夫人说：“没见老爷呢？”探春道：“才进来的时候在厅上见了，还没见二哥哥呢。”

便叫人请了宝玉进来，兄妹说笑了一回。只见史湘云嬷嬷进来，宝玉就出去了。

王夫人就问:“姑奶奶好哇!”这婆子请了安,说道:“姑奶奶打发奴才来,又是道喜,又是报喜。”王夫人问:“添了吗? 是男是女?”婆子说:“昨日晚上三下钟,添了个妞儿。”王夫人叹道:“史大姑娘的命真苦,自幼儿没了父母;出了嫁,姑爷倒好呢,偏又没了;墓生儿是个哥儿也好,偏又是个妞儿!”说着伤起心来。薛姨妈道:“那姑爷是什么病没的?”婆子说:“姑娘过门的时候原没病,后来因努着了,就吐血。已经治好了,谁想五月节不知怎么又吐起来了,总没治好,这也是姑娘的命。太太却很疼姑娘,昨日怕他伤心,倒说什么小厮、女孩儿只要结实就好。”薛姨妈说:“养不着好儿子还不及女儿呢! 像我那儿子,十个也跟不上这一个女孩儿。”说着眼圈儿也红了。

李纨忙拿话岔开,就问探春:“你住几天?”探春说:“我们太太说,教瞧着侄儿上摇车儿再回去。还听见说,满月的时候还要送戏呢。”王夫人说:“满月正是灯节儿,大家都忙忙的,何苦又费心,你就该拦。”平儿说:“不知那个班子?”探春道:“不是京班,是我们姑太太家打外头带来的。有一出极好的灯戏,是《蟠桃会》。”“有什么好看?”探春说:“不是常唱的那个《蟠桃会》。听见说制这一出戏的切末子,就是五千块洋钱呢!”宝钗说:“你看过么?”探春说:“这出灯戏没看过,你瞧有一个唱《寻梦》的,倒像个熟人。”宝钗问:“像谁?”探春说:“就像那年唱《蕊珠记》的,比他还要像呢。”袭人说:“还说呢,为史大姑娘说了那么一句话,惹的那位闹了个够!”李纨说:“算了,以后这些话少提罢。”袭人自知失言,幸而宝玉没在这里。于是大家都过王夫人那边吃饭去了。一宿晚景不提。

次日洗三,就有邢夫人、尤氏、贾蓉妻胡氏,亲戚里是李婶娘、邢岫烟、宝琴、李绮,还有探春的婆婆周太太,宝琴的婆婆梅太太,李绮的婆婆甄太太都来看洗儿添盆,未免大家又推让一回。今日贾政命取名叫作贾芝,芝兰双秀的意思。这里众人坐着闲谈,王夫人问:“梅公子得几时到京?”梅夫人说:“至迟二月到,好赶会试。”正说着,回进来:“珍大爷、小蓉大爷都到京了。”皆因女客在座,所以先通报一声。众人听了,都往李纨那边去了。这日贾珍进来见了邢、王二位夫人,未免悲喜交加。略说了几句话,王夫人就叫:"歇着去罢,闲了咱们再谈。"贾珍答应着退出去了。这里王夫人又向尤氏道:"你也去张罗去罢!"于是尤氏婆媳过宁府去了。这里众客也有住下的,也有回去了,不知不觉的到了十二天。这日薛家送来一只肥羊,一个摇车儿,自然应用的东西一件不少。

此时已到年底,这荣国府里外张罗,换对子,挂门神,擦供器,挂灯笼,送年礼,免不了又有穷本家来告帮,上上下下忙个不了。不知荣国府如何过年,且听下回分解。

第五回　祭宗祠贾氏重兴
宴廷臣皇恩宠渥

话说荣国府自从查抄之后，接连着史太君仙逝，鸳鸯姑娘殉主，又失了盗，把个冰清玉洁的妙师傅也白日飞升了。可怜那当家理计的琏二奶奶生生急死。好容易中了两个举人，偏把一位宝二爷丢了。家运一败，百病来侵。又遇见那几个不肖的子弟，趁势偷典偷卖，把个轰轰烈烈的荣国府闹的瓦解冰消。

满园中不过些狐嚎鬼叫，各房里无非是怨语啼声。所以那些赵文华似的朋友，也都躲了；汤裱褙似的奴仆，也都跑了。真是古人那两句说的，正是：

昨日屋头堪炙手，今朝门外好张罗。

那一种凄凉败落的光景，令人不堪回首。皆因素日仗着祖上的功业、家里的银钱，骄奢淫逸，毫无忌惮，才闹的一败涂地。

诚然是臣罪当诛，却遇着天子圣明，念他家汗马功劳，赏还了世职家产，政老爷袭了荣国公，渐渐的升腾起来，真是否极泰来，百福骈臻。恰巧在毗陵驿就遇着宝玉，又在旅店里见着贾赦，兄弟、父子团圆，到了家又是宝玉生子，贾珍复职，这宁荣两府又兴旺起来。所有那些抹粉脸的亲友，仍旧趋炎附势；丧良心的奴仆，又来摇尾乞怜。这政老爷原是个最能容人容物的忠厚长者，也就不念旧恶了。所有外头一切的应酬，仍交贾琏掌管。

这日正是除夕，荣宁两府从大门直到内宅门，皆是洞开，都挂了大明角灯，两边尽是朱红架子明角矗灯，各檐下挂着五彩玻璃流苏宫灯。众人都到祠堂那边伺候，此时贾敬已死，便是贾赦主祭，贾政陪祭。贾珍献爵，贾琏、贾琮献帛，宝玉捧香，贾蓉、贾兰展拜垫，贾菖、贾菱守焚池，阶下青衣奏乐。将磕下头去，忽听一声响，只见神案上那二尺多高的大画灯吐出两股青烟，直冲中梁，结在一处，冉冉地垂了下来，篆成"吉祥"二字。贾赦对贾政低声说："祖宗显灵，我们更须报效朝廷，方不负君恩祖德。"说罢，又磕了三个头。此时焚帛奠酒已毕，退出，又到正堂影前。女眷们也从祠堂行礼过来，男女各按昭穆站定，传菜供饭，捧酒上汤，自有贾府一定的规矩。

供献罢，都行过礼，尤氏便请邢、王二位夫人到上房献茶。略说了几句话，王夫人就要过去，尤氏说："二位婶娘轻易不过来，我已经预备下晚饭了。"邢夫人道："大年下的，都忙过了年，慢慢的吃罢。"尤氏道："过了年，二位太太赏个日子，咱们娘儿们热闹热闹，还要接三姑奶奶呢。"王夫人问："你们几儿接呀？我是初六接他。"尤氏道："太太初六接，我们只好改日子了。"王夫人说："索性初八一同过来罢。又热闹，又省的尽着累你。"尤氏说："有什么累的，倒是人多的热闹。就请二位太太同姑奶奶、四姑娘还有珠大妹妹，早些过来。"李纨道："你请我，还是吃呀，还是替你当差呢？要是吃，我就来；要是当差呢，我没工夫。我还看家呢。"尤氏笑道："好妹妹，你千万来帮帮我，二位太太倒好伺候，三姑奶奶也好说话。"说着伸了四个指头说："我就惹不起他。"李纨说："他和我就好，倒是你爱招他。"

王夫人站起身来说："那边还有好些事呢。"尤氏笑道："老太太又是想芝哥儿了。"说的众人都笑了。于是出来上车，回到荣府。尤氏婆媳也跟了过来。贾母上房供着那年省亲时贵妃赐的沉香拐杖、伽南念珠作为遗念。大家都行了礼，又到贾赦那边辞了岁，都到王夫人上房。当地接着三张八仙桌，供着神纸，前面便是干鲜果品、素菜、粉汤、三牲。供桌前挂着大红云缎二色金富贵长春的桌围，地下铺着大红洋毡。众人又给贾政、王夫人都磕了头。各房互相辞岁，满院里灯烛辉煌，真是花团锦簇，上下人等欢天喜地。已到了爆竹声中一岁除的时候，贾政接了神，朝贺元旦去了。

荣宁两府拜过祖先，各人又都受礼毕。又有亲友们来贺节，天天络绎不绝。早到了初六，接了探春回来，又请了薛姨妈、李婶娘、宝琴、李绮，邢岫烟因家里有事没来。这日，邢夫人打发人来辞，说凉着了。惜春因众姊妹都来，也就出来了，还有尤氏婆媳、平儿、巧姐儿都进来，大家贺节、道新喜。巧姐儿穿一件杏黄缎绣三蓝百花间着孔雀金线的蝴蝶，周身是青倭缎挖玲珑卍字边的皮氅衣，相映着金碧辉煌，走到王夫人跟前说："这是蓉大哥哥从苏州带来送我的，忙着作上，为芝兄弟满月穿。我父亲教我穿过来给太太瞧，说是宫内的花样。"王夫人说："提起宫内，我还有件藕色地穿珠子绣球梅的，也是宫中的花样。明日作上，也送你罢。可就是沉些儿。"

只见女人们带进常走动的两个瞎姑儿来，叩了节，拿起乐器合唱了一个吉祥曲儿。站起身来说："劳那位姑娘的驾，替我们给二奶奶请安，叩新喜。"又说："哥儿满月快了，太太才是造化人呢。再娶了三奶奶，更热闹了。"王夫人说："还没说着呢。你们有知道的姑娘吗？"李先儿说："倒有一家，怕太太不愿意。"王夫人说："什么人家？"李先儿说："有位蔡老爷，作过一任昆山县，如今退归林下。夫人亡故，也没有公子，就是一位小姐，芳名叫作如玉，才貌双全，琴棋书画，描鸾刺凤，连诸般音律都懂得。多少人家求亲，蔡老爷都不愿意，总要和公侯府里作亲。"王夫人问："十几了？"李先儿说："十七岁了，咱们三爷的贵庚呢？"王夫人说："十八了，过了节你去说说。"张先儿站起身来请示："亲家太太、姨太太听那回书？"薛、李二位说："不拘什么都好。"这女先儿定了弦，说了一回《春香闹学》。

此时探春等都到宝钗这边来，大家相贺已毕，探春向宝钗道："李瞎子给三爷提亲呢。"宝钗问："谁家的姑娘？"探春道："是个做过知县的，膝下只有一位小姐，赞的就和鼓儿词一样。我实在不爱听，找你来了。叫人快请二爷去。"

不一时，宝玉进来，向众人问了好。见他穿着一套火狐肷的袍褂，李纨道："你不热吗？"宝玉说："正是有点热，才陪客来着。"李纨问：

“谁来了?”宝玉说:“三姑爷没走,甄世兄来了,他们一同找薛大哥去了。如今咱们找个解闷的玩意儿,作什么呢?”宝钗说:“掷状元筹。”宝琴说:“不及《六逸览胜图》好。”宝玉听了,乐的手舞足蹈说:“到底是琴妹妹想的有趣。”催着袭人拿览胜图。李纨说:“都有了儿子了,还是这么小孩子气。”宝玉说:“请众位到我方丈里坐坐!”

大家就过西耳房来。早有人打起大红洒花软帘,进钻山门是套着的小小三间,两明一暗。东间通院子的门上放着大红洋呢板帘。门西是排插,临窗一个窄榻,铺着绣花炕垫。中间放一张文竹小炕桌,两边是大红绣花盘金坐褥。当地一个珐琅短腿小火盆,墙上挂着文衡山小楷写的《洛神赋》。北窗下,楠木架上一溜儿四盆牡丹。迎门是个洋玻璃穿衣镜。里间门上钩着个桃红洒花帘子,地下铺着栽绒毡子。北边暖阁上挂着月白湖绉绣满了折枝梅花的帐子,里边锦衾、绣被、鸳枕,流苏帐钩上挂着两个极精工的络子,络着两个蝈蝈葫芦。床前摆着三尺来高,累累然一盆佛手。西墙上挂着仇十洲画的《汉宫春晓》,两边对联是:

花影不离身左右,莺声只在院西东。

探春看了这对子笑了笑,走近又看看图书已是模糊了。这花梨小条案上,中间紫檀架上,一座千岩万壑白玉山,哥窑盆里种着两盆水仙,堆着些文石。窗前花梨小方桌上摆着文具,两张花梨椅上铺着宝蓝刻金椅垫。李纨说:“好华丽屋子!”探春说:“就是没坐处。”宝玉说:“这不是椅子,再拿几张进来。”

李纨隔着玻璃一看,院子里堆着几块假山,种着几竿凤尾竹。回头问宝玉:“这山子是新堆的吗?”宝玉说:“还是那年我搬过的时候堆的。”

只见袭人进来说:“摆好了,请上场儿罢。”大家笑着过来,前炕上铺着红毡,设着览胜图骰盆。宝钗说:“谁占那个?”惜春先说:“羽士是我的。”宝琴说:“剑侠是我的。”探春说:“剑侠是我的,你正对词客,还有绮妹妹呢!”李绮说:“我不会这个。”李纨说:“我是渔父。”宝钗笑道:“你本是老农,如今又要作渔父了!”宝玉说:“横竖缁衣没人敢占,那是我定了。”大家都笑起来。宝玉说：“还短个美人。”探春指宝钗，宝钗说：“你看我怎么像个美人？”探春说：“看你挽着纂儿，披着斗篷，很好的幅‘海棠春睡’。”宝玉听见‘海棠春睡’四个字，忽然想起那年秦氏房中挂的正是《海棠春睡图》，不觉把脸一红。众人不知其故，都说：“美人还不理会呢，缁衣的脸倒红了。”惜春说：“好二嫂子，屈尊你配个角儿罢。”于是大家掷起览胜图来。

只听东套间一片笑声，李纨说：“也不怕吓着孩子。”走过去掀起帘子一看，原来是巧姐、平儿、袭人、麝月、莺儿、素云六个人赶老羊。李绮旁边瞧热闹，只见巧姐出来。宝钗说：“你怎么不玩了？”巧姐说：“怪热的，下来走走，三姨儿替我呢。二叔叔输了吗？成了我父亲了，一要钱就输。”探春说：“他许下我的灯，不知怎么样？”巧姐说：“听见说买的不好，叫他们糊得了，要求四姑娘画呢。”惜春说：“怎么找寻起我来了？”探春说：“告诉你父亲，我不要家里画的，要买的。”

正说着，王夫人那边请吃点心。大家一同过来，吃完点心又闲谈一回。晚饭后，薛、李二位、宝琴、李绮各自回家不提。

且说初八这日，王夫人、探春、李纨都到宁府来，惜春不愿见尤氏，推故不来。邢夫人害眼，也没过来。尤氏因无外客，叫了一班小戏，就在上房院里搭了个行台，挂了堂帘。堂屋中间给王夫人设了个罗甸榻，铺着锦褥，上面又是狼皮罩褥。两边是罗甸高儿，设着花瓶，插着玉堂富贵鲜花。古铜小炉里焚着百合香饼，又有盖碗、唾盂等类。西间大炕上铺了大红洋呢绣花座褥，请探春坐了。旁边一张洋漆小炕案，上面摆着茶杯、槟榔盒。尤氏又把巧姐接了过来，又让李纨在里间屋里看戏。

只见贾蓉捧着牙笏请王夫人点戏，王夫人点了一出《访仙问寿》。又让探春、李纨，探春点了一出《儿孙福》的《势僧》，李纨点的是《蒲鞋夜课》。又让巧姐，巧姐说：“我不懂得，大娘替我点罢。”尤氏就点了《抱娃入府》。王夫人赏了两桌钱、八对荷包。

吃了饭，尤氏还留听夜戏。王夫人乏了，大家也就跟了过来。

忙忙乱乱已到上元佳节。圣天子在位，五谷丰登，万民乐业。这

日，在御花园大宴群臣，全分烟火，又有鳌山、宝座、百戏、花灯，还有各国使臣朝贺新正。真是：

九天阊阖开宫殿，万国衣冠拜冕旒。

又颁赏了许多物件，不必细说。

且言贾府这日正是芝哥满月，果然周家送了戏来。因天冷，不便在大观园台上，就在荣禧堂院里搭了台，挂满了各样花灯，就有亲友家都送了礼来。又是史湘云的妞儿满月，自然送了礼去。又给芝哥剃头，忙个不了。

一时女客到齐，正上午席，人回："老爷回来了。"宝钗就过这边来伺候磕头。且说贾大人领了御赐的蟒袍一袭，珊瑚朝珠一盘，玉陈设八件，宫灯四对，殿板新书一部。回到家中，就把个碧玉寿星、白玉仙鹤供在贾母遗念前。磕了头说："这是御赐儿子的，老太太在天之灵看着也欢喜。"说着，掉了几点眼泪。回到自己上房，见宝钗盛妆伺候磕了头。只见两个老嬷嬷用锦被包了芝哥见爷爷来，贾政看这婴儿真是粉妆玉琢，如何不爱？便把个白玉雕成的太狮少狮赏了芝哥。又问宝钗："那边客多少？"宝钗回道："有二十几位，两位王妃先走了。"周姨娘说："听见有很好的灯戏。"宝钗笑道："这出戏的行头就是五千块洋钱，自然是好。"贾政叹道："什么好，不过是刮了百姓的脂膏在亲友面前作阔。"向宝钗道："你去张罗罢！"宝钗答应着退出。

回到这边，进了荣禧堂后门，林之孝家的迎着说："太太要了饭了，刚要请奶奶去。"宝钗说："摆罢！"林家的带着一群女人们上菜，尤氏、李纨、宝钗、胡氏递酒安席。此时正唱《火云洞》，锣鼓喧阗，十分热闹。王夫人叫进贾兰，吩咐："这出下去加一出《弹词》，等背起光再开灯戏。"于是吃了晚饭。忽听一捧锣声，众家人七手八脚把那洋錾活信荷叶灯扭转向外，将灯影逼住台上早跳出四大天王来，看那手中的法宝，头上的簪缨，都点着明晃晃蜡烛。又是八个云童，手拿绢帛制就五色云灯。中间设着瑶池，两边都是桃树，枝上的蟠桃累垂，吊挂的都是小红灯。众云童舞了一回灯云，那西王母驾着双凤辇，那辇上四角流苏都是琉璃像生百果，点着小白蜡。四个女仙围随，各人捧着富贵长春

的花蓝,点着红烛。西王母唱了一支《点绛唇》,就有八洞神仙、三星、五老都拿着各种花灯合唱一套《混江龙》。只听一派笙箫,观音大士早又出场,但见足下蹈着一朵千瓣莲花灯,两边荷叶上站着善才、龙女,唱着《油葫芦》的曲子,绕场一遍。那一只白鹦鹉在满台上飞舞,也看不出是什么消息儿。薛姨妈说:“灯戏也看过,都不及这个。”李婶娘笑道:“难为他,那朵莲花怎么走的那样活泛?”王夫人说:“总没有这鹦哥飞的有趣!”正说着,一阵铙钹,见麻姑秉着一支仙槎,这仙槎上是一架百子千孙葫芦。每个葫芦都点着小蜡。群仙朝过王母,只见白猿翻了一回斤斗,双手捧着个大蟠桃跳下台来,跪在院子当中。不知怎么点着走线,从那桃里放出无数花爆。众客都赞,亏了这个院子,差些儿的还不够这猴儿闹的呢!大家笑了一回,众人都有赏赐。王夫人是四桌钱、四桌荷包,余外赏了白猿二两银子,一卷尺头。

众客告辞,都说客去主人安。这里贾琏早派下人打灯笼送客。

于是王夫人等送了客,又叫重赏周家送戏的家人,又叫贾琏派人查看灯火要紧。向贾琏道:“你也去歇歇吧,明日还是节呢。”

不知明日如何过节,且听下回分解。

第六回　憨宝玉轻视奇珍
敏探春细谈怪物

话说王夫人连日过节劳乏，就犯了咳嗽老病，大家都来省视。又见嬷嬷抱了芝哥来给太太请安，王夫人接过来抱在怀中，说："怪冷的，你也来瞧我。"那孩子两只小眼看着太太似乎要笑，王夫人说："兰儿小的时候，都说是灵，这个更精了。"

众人正然说笑，只见宝玉、贾兰进来请安。同众人都见过，又说起前日的灯戏怎么热闹。探春叫侍书拿槟榔，宝玉说："不用拿，我这里有。"说着就把荷包摘下递与探春。探春接过来，不拿槟榔，且看荷包，说："这是谁做的？这么细针线！"李纨凑过来看，是个大红缎子扎的岁寒三友腰子荷包，说："这是袭姑娘手笔。"探春问："你怎么知道？"李纨说："去年他给我作生日，就是这个样的。"只见那一头拴着个金线和青线织的络子，络着那块宝玉。李纨说："宝兄弟，怎么拿他拴呀？"宝玉说："他又算什么呢？"王夫人就从探春手里接过，说："越大越荒唐，这是你胎里带来的宝贝，最能避邪，如同你的性命根子一样。"宝玉说："既能避邪，怎么闹出那些事来。"王夫人说："都是你轻慢的缘故，才招出那些事来。"宝玉说："太太说我轻慢他，他就恼我。如今就给这小孩子带罢，横竖他不会得罪他。"说的众人大笑起来。王夫人就把这玉解了下来，给芝哥带上。

探春说："也怪，怎么这些事都凑在咱们家？二哥哥的玉，宝姐姐的金锁，史妹妹的麒麟，那几年闹的还了得！"李纨问宝钗："你的锁带着呢么?”宝钗说:“这么大人还带那个?昨日给史妹妹家的妞儿作了满月了。”探春说:“你知道么?他的麒麟丢了!”宝钗说:“恍惚听见,可不记得谁说的。”宝玉说:“可惜了儿的,怎么会丢了?”王夫人说:“自己的倒不要紧,可心疼人家的。”宝玉说:“不是心疼人家的东西,皆因手工实在细的很。”探春说:“我有一件东西要送他妞儿带,那才是宝贝呢!”宝玉忙问:“什么宝贝?”探春说:“这段故事一个时辰也说不完。”宝玉说:“好妹妹,你说给我们听听。”探春道:“那年在海疆的时候,有个渔人叫冯得宝,每日在海口捕鱼。那一日忽见海中间涌起海市蜃楼来,那海市上一样也有树木、花草、楼阁,甚至连匾对都有。那些飞禽走兽不必说,又有许多穿红挂绿的女子,拥着一个仙女,自然该是龙女了。那龙女就倚栏观海,从他身上不知掉下个什么物件来,一道金光落在海里,霎时海市收敛。只见那海面上还是一片霞光,这渔人就想去捞,如何捞的着?”宝玉说:“既是龙女佩带的,如何教他得着。但不知那龙女失了这宝贝,心里怎么样呢?”李纨说:“你不用替龙女担忧,听罢!”探春说:“这渔人最孝母,想着得了这宝贝,卖了钱养母。就买了香烛祭奠祷告,只见那金光就奔了他的船来,忙着用罩去捞,那物就跳入罩里。他磕了头,抱到船舱里,又怕他走了。守了一夜,次日到码头上去卖。人都不认得,没人要。就有多事的给他出主意,教他献到总制衙门里,或者有赏。那渔人就信了那人的话,把这宝贝献到衙门来。”王夫人就问:“到底是个什么?”探春说:“有三尺多大,有角、有鳞、有鬣、有蹄。周身的鳞甲都像珍珠的光,白角、赤鬣、乌蹄,映着太阳,就放出三尺多长的光芒来。要放在水里,就和虹霓一样的圆圈子围着。”宝玉问:“后来怎么样?”探春说:“我们老爷赏了那渔人五十两银,留下了。也没人认的他是什么,就给了我了。拿出去教师爷们瞧,有的说是龙变化的,有说是麒麟的,有说是大禹治水的时候下的镇物,也有说就是《山海经》上的婴胡。甚至有说驮八卦就是这个,我可不知出在那一部书上。”贾兰问:“如今还会放光吗?”探春说:“总没试了,不知还灵不灵。”宝玉说:“拿出来咱们试试看。”探春说:“我没带来。”宝玉说:“打发人取去。”探春说:“他们不会拿,等我再来带了来。据我看仿佛点麒麟，所以要送云妹妹。”

正说着，见小丫头进来说：“李先儿来了。”只见两个媳妇儿，一个拉着李先儿，一个替他拿着乐器。进来给王夫人请了安，又给众人请了安，问了好。王夫人道：“你是为亲事来吗？”李先儿说：“昨日到蔡老爷那里，一提就很愿意。明日是个好日子，来拜咱们老爷，就见见三爷。”王夫人道：“既是相看，该带了去才是礼。”李先儿说：“我也是这么说，那蔡老爷又说：‘没夫人就是自己作主，何必费事！’”王夫人说：“那也使得。”李先儿说：“咱们老爷愿意吗？”王夫人道：“老爷说只要姑娘没残疾，人家愿意就好。”于是说了一回闲话，又听了回书。吃过晚饭，王夫人赏了他一两银，一吊车钱。李先儿回家不提。

且说贾政在书房吃了饭进来。王夫人就把李先儿的话述了一遍。贾政问道：“这蔡公到底是那里的人，叫什么名字？知道了也得请出位媒人来。难道李瞎子算保山不成？”王夫人道：“明日见了他自然就知道他的籍贯名字，再请媒人不迟。”又叫了贾环来说：“明日有人相看你，别那么乌眉皂眼的，看人家笑话。”贾环答应着去了。一宿晚景不提。

到了次日，且说宝玉正在房里同宝钗二人看着莺儿喂蝈蝈儿，又叫麝月洗水仙。袭人说：“你多舀点儿水来，奶奶屋里的梅花也得浇了，黄雀儿只怕也得添水了。”麝月说：“挑一担来够不够？”袭人说：“那也用不了。”麝月说：“连你洗澡哇。”袭人说：“快去罢！回来还给奶奶拿首饰呢。”只见小丫头进来说：“老爷叫二爷见客去呢！”宝玉说：“又是什么客？”丫头说：“才听焙茗说是三爷的丈人来了。”宝钗笑道：“还没放定，就是丈人了！”宝玉忙着换了衣服出去，好半天的工夫才进来。

宝钗问道：“这蔡公怎么样个人？到底叫什么名字？”宝玉说：“等我换了衣裳慢慢的告诉你。”袭人服侍换了衣裳，坐下说：“这可该说了。他姓蔡，名叫和羹，有五十多岁，原籍四川。如今入了京籍，捐班出身，又是左丞相的干门生。”宝钗笑道：“怎么是干门生呢？”宝玉说：“是拜认的老师。”

宝钗又问："为人谈吐还风雅吗？"宝玉说："纯是个势利场中的热人。"宝钗说："既是势利场中人，怎么又肯退归林下呢？"宝玉说："那是李瞎子不知道，不是告休，是丁忧的，二月就满服了。叙起来是詹师爷的同乡，和老爷说的很投机。当面就许亲，便委了老詹作媒，说嫁了女儿就要出去了。"袭人说："这倒是个爽快人。"宝玉说："爽快？那是炼成了的江湖派！"宝钗笑道："到底是经了一场患难的好处，你竟有瞧的出人来的日子！"宝玉笑道："我要是瞧不出人来，早就……"说到这里便咽住了。宝钗问道："早就怎么？"宝玉笑道："早就瞧不出人来了。"宝钗道："词穷了，也只好搭讪罢了。"

正说着，听见贾兰问："叔叔在家么？"宝玉说："你进来罢。"贾兰进来请了宝钗的安，又问了袭人的好。宝玉道："你坐下！"贾兰坐下，袭人倒了碗茶来。贾兰忙站起身接过来，说："姐姐歇着罢。"宝玉说："你找我什么事？"贾兰说："都是那位太亲翁一阵苦赞闹的，老爷子逼着要功课。我母亲说我的文章、诗都要求叔叔修饰修饰。"宝玉说："你的文章是很好，就是诗太纤巧些，纯是晚唐派，却倒是时尚，都不用收拾的。我这几个月直没作文章，诗虽有几首，都却不是试体。你没听见几时要看呀？"贾兰道："那有定准呢？"宝玉道："你有现成的借给几首好搪差使。"贾兰道："有几首诗，还有几篇文章，索性都给叔叔拿来罢。可得叔叔自己抄抄，不然怕爷爷认得笔迹的。"

贾兰说罢，站起来告辞要走。宝钗道："等等，我有件东西送你。"叫莺儿去多宝格上有个玻璃匣子，轻轻拿来。只见莺儿捧着个一尺多长、三寸多宽的匣子，放在桌上，揭开匣子盖，拿出个臂隔来递给宝钗。宝钗递与贾兰说："这是你大舅舅从广东带来送我的，我送了你罢。"贾兰接过来谢了宝钗，看了看，原来是旃檀香雕的唐明皇游月宫的故事。宝钗说："你看那须眉毫发，裙褶衣纹，连那些乐器，真是细入无间，难为他怎么下刀！"宝玉听了，便接过一看，那里是广寒宫，竟是太虚幻境的样子。看那婵娥时，宛然是林黛玉的小照。便从唐明皇想到杨贵妃，又转念到林黛玉身上。想那六军不发原是为国家大事，才弄的个"君王掩面救不得"。林妹妹又是为什么呢？被众人瞒神弄鬼，生生害了性命！那明皇时，竟有人去“上穷碧落下黄泉”，替他寻找。如今那里有李少君、临邛道士一流人物，也替我传个消息。此时宝玉心中真是千头万绪，呆呆的看那臂隔。不禁不由的就念出一句“能以精诚致魂魄”来。宝钗听了，向贾兰道：“快拿了去罢，不然你叔叔又要游月宫去了。”说的大家都笑了。宝玉递与贾兰，贾兰说：“我找出来，就打发人送过来。”宝玉说：“很好，不然怎么缴差啊！”宝钗道：“告诉你母亲，有我们大嫂子送他的东西，少时我教人送过去。”贾兰拿了臂隔，答应着去了。

宝钗到王夫人处伺候晚饭，见贾政进来向王夫人说道：“那蔡公虽是捐班出身，却是个能品。原来是詹师爷的同乡，也是四川人。瞧了环儿很喜欢，就托詹师爷作媒，当面许了亲事。他三四月里就要起身的。”王夫人道：“那么着，咱们得早些儿娶啊。”要了黄历看了看，二十六是黄道日子，正好放定。

商量请邢夫人、探春、尤氏，连自己是四位。又叫林之孝家的派人与李先儿送信，又派了林之孝家的、吴新登家的两个老仆妇拿定礼。只见人回：“珍大爷过来了。”

贾珍进来请了贾政、王夫人的安，又问了李纨、宝钗好。

贾珍道：“侄儿听见个喜信，今日晚膳后的旨意，叔叔升了吏部尚书了。”贾政道：“那是谣言，我前头还有好几个人呢。”

王夫人问：“你听见什么人说？”贾珍道：“这话不假，是个枢密院的朋友特送这个信来的。他走了，我就回叔叔来了。”

正说着，贾琏、宝玉、贾环、贾兰，都来道喜。贾琏说：“今日晚膳后旨意，叔叔补授吏部尚书，报喜的在大门上嚷呢。”

贾珍笑道：“我已经讨了头报的赏钱了，你还是二报呢！”说的大家都笑起来。贾政道：“你大哥哥才说，我还不信，怎么有这样格外的殊恩呢。你快张罗写折子，五鼓谢恩。”贾琏答应去了。

王夫人又把贾环定亲的事告诉贾珍，贾珍说：“自己家的事，婶娘何必客气，明日侄儿媳妇过来，婶娘吩咐他就是了。”

只见贾赦那边打发人来说：“奴才老爷、太太给二老爷、二太太道喜。今日天晚了，明日亲身过来。”贾政道：“明日我还要过去呢，倒不要劳动大老爷过来。”王夫人道：“我还要打发人请你们太太，二十六给三爷定媳妇呢！”那婆子说：“二太太这边真是喜事重重，不像我们那里，一天家老爷太太净怄气！”王夫人见他语无伦次，便叫人让他去下房喝茶。婆子说：“太太别赏茶了，回去罢。天晚了，走着怪怕的。”王夫人说：“回去替说请安罢。”婆子答应着去了。这里王夫人便忙着张罗定亲的事，又说：“明日自然有道喜的来，咱们还有几天忙呢。”不知贾府如何忙，且听下回分解。

第七回　梅公子会试进京　柳郎君搭帮探友

话说贾大人升了吏部尚书，每日贺客盈门。王夫人张罗作衣服、打首饰，给环哥娶亲。此时荣国府上下内外真是忙人多，闲人少。暂且不提。

话分两头，且说有一位原任翰林梅老爷的公子，名叫鼎臣，号瑟卿。虽然年纪不大，却是当代的名士。父亲亡故，只有寡母在堂。娶妻薛氏，小字宝琴，也是有名的一位闺秀。这梅瑟卿并无弟兄，只有个胞伯，现作嘉兴府知府，膝下无儿，就是这梅瑟卿承祧两房。所以这梅太守寄信，叫到任上。过了年，进京会试。写了一只头号太平船，派了几个仆人择日下船。先把行李发去，又有寄去的许多东西，到京送亲友；又有夫人寄去的些绣货花绒等类。这日梅公子拜辞了伯父、伯母。那太守夫妻未免嘱咐些一路上诸事小心，约束家人们不许滋事，这里净听喜信。梅公子一一遵命，洒泪分别。带着家人们下了船，就有嘉兴县、秀水县都差人送了礼来，梅公子俱各璧回。次日天明，烧了福纸，送的家人回衙销差。这里鸣锣开船。

此时正是新春天气，两岸边嫩柳舒黄，一路上柔波泛绿。过了几个大码头，也有差人上去买些东西的时候，却也无甚耽搁。这日到了苏州码头上湾住船，真是天下第一繁华之处。看那河里的船只，岸上的轿马，又有经商买卖，昼夜不断，可谓"朝朝寒食，夜夜元宵"。梅公子带了两个家人进城去逛了一回，买了些玩物，下船吩咐家人，明日叫一只灯船去游虎丘。

次日就雇了只极好的灯船，又叫了个有名的妓女金阿四伺候少爷。又请示：“要清音不要？”瑟卿道：“我不过是叫个人唱一两支曲子下酒，人多了就闹的慌了。”又笑道：“倒是这阿四不知怎么样，如若平常，咱们好换。”这些家人谁不讨少爷的欢喜，就把那阿四带过来见少爷。见他头上挽着云髻，鬓上簪着一枝红梅花，身上穿着件鹦脖色湖绉小毛皮袄，下面是西湖色绉绸百褶裙，裙下窄窄双弯，穿着鸦青缎白绫高底鞋。淡扫蛾眉，薄施脂粉，天然一段丰韵。瑟卿见他如此妆饰，就知不是那寻常妖妓，真是苏小重生，秋娘未嫁。便同他过船，就带了那小跟班的锦奴，还有奶公高升，后边又随了只伙食小船，两个家人带着厨子伺候洒酒温菜。这边自有他们的随手。阿四就问：“少爷，听什么曲子？”瑟卿说：“先喝点酒，润润喉，等回来时趁着月色再领新声罢。”一面喝着酒，又讲究谁的词章好，谁的曲文好，慢慢摇着船，趁着风和水软，看着那岸上的细草含烟，遥川凝黛，已到了虎丘。

便携了这阿四，带着锦奴，又叫奶公提着酒榼上了岸，到各处去逛了一回。见游人甚多，便走到剑池边，拣了块平石，正倚着一株老梅坐下。又买了些细果，二人在石上对酌。阿四一抬头，见对面松树下站着一个翩翩少年，穿一件翠蓝扣绉皮袄，加一件青莲色洋呢棉半臂，戴一顶绛色毡帽，登一双薄底缎靴，呆呆看着瑟卿。阿四说：“对面那人，少爷认的他么？”瑟卿道：“看着眼熟，一时想不起来。”锦奴说：“好像那年在薛舅爷家见过他。”瑟卿便想起说：“别管是不是，叫他一声看。”遂叫了一声：“柳二哥。”那人迎了几步说：“瑟卿先生久违了。”说着就拱了拱手，瑟卿站起身来也拱拱手说：“二哥过来坐罢。”又叫阿四见了。

锦奴斟了一杯酒，瑟卿问道：“二哥这几年作什么生理？”柳湘莲道：“萍踪浪迹，也没什么一定的事情。才在千人石那边瞧着像你，比先发福，所以不敢冒认。”梅公子说：“二哥，你还是那样，就是略黑些，如今在何处作寓？”湘莲道：“就在此不远，太虚宫暂住。出了月，要进京去看看朋友们，打算还要东游呢！”瑟卿道：“妙极，咱们就一同进京。"湘莲道:"好却好,你又要多一番事。"瑟卿说:"二哥要这么说,就不是交情了。你把行李就搬到我船上去。"湘莲问:"你的船在那里湾着?"瑟卿说:"在阊门。"湘莲又问:"你几时北上?"瑟卿说:"本来明日就要起身开船的,便是多住一两天也没什么要紧。"湘莲道:"既是明日开船,我就失陪了。"说着,站起身来说:"明早船上见罢!"瑟卿一把拉住道:"不用忙,咱们下船去喝会子酒,听听曲子,明日再取行李不迟,难道还有什么留连吗?"湘莲笑道:"一个七十多岁的老道,我留连他作什么?"说的大家都笑了。

阿四道:"你二位不必争,太虚宫是必由之路。略停停船,上岸去取,岂不省事?"瑟卿道:"就是罢!"说着站起来就走。湘莲道:"你们美人名士,掺个我作什么?未免唐突这山水。"瑟卿说:"难道那《离骚》上说的美人,务必是女的?"

一路上说说笑笑,早到河边。搭跳板上船,重整杯盘。阿四问:"少爷听曲子罢?"瑟卿问湘莲:"听那支?"湘莲道:"只拣得意的唱罢!"阿四:"先生吹柳耆卿的《倾杯乐》。"那随手刚要吹笛,瑟卿说:"拿箫来,我给你随着。"于是瑟卿吹着洞箫,金阿四轻拍檀板,低低唱道:

> 冻冰消痕,晓风生暖,春满东郊道。迟迟淑景,烟和露偏润长堤芳草。断鸿隐隐归飞,江天杳杳。遥山变色,妆眉淡扫,目极千里,闲倚危樯回眺。动几许伤春怀抱,念何处韶阳偏早。想帝里看看名园芳榭,烂熳莺花好。追思往昔年少,继日恁把酒听歌,量金买笑。别后顿负光阴多少!

唱罢,湘莲说:"'此曲只应天上有,人间能得几回闻?'瑟卿吹箫,金娘度曲,真是替敝本家的词增色!"阿四笑道:"叫柳二爷见笑了!"湘莲说:"那里话,宋词里常唱的也就是苏东坡、秦少游、姜白石、柳耆卿的这几家容易入拍。"

梅公子满斟一杯说:"柳二哥喝了这杯酒,奉求你唱几句给他听听。"湘莲说:"我何曾会唱?"阿四道:"听柳二爷的议论,就知是行家。"瑟卿道:"你说不会,那回在薛大哥席上同冯紫英不是唱来?"柳湘莲被他们磨不过，便说："还是你吹罢！看错了教他们笑话。"阿四忙递过箫来，瑟卿吹着。湘莲说："我也陪你个《倾杯乐》柳词罢，这可是九十四字的。"

此时月光初上，照的满船如同白昼。看那水面灯光月彩，真是万点金波，满河里游船已少，趁着这水影烟光，真令人有离尘之想。梅瑟卿就吹起洞箫，柳湘莲唱道：

楼锁轻烟，水横斜照，遥山半隐愁碧。片帆岸远，行客路杳，簇一天寒色。楚梅映雪，数枝艳报青春消息。年华梦促，音信断，声远飞鸿南北。算伊别来无绪，翠销红减，双带长抛掷。但泪眼沉迷。看朱成碧。惹闲愁堆积，雨意云心，酒情花态，辜负高阳客。

唱完，满船上无人不赞。阿四各斟了一杯说："柳二爷再到敝处，务求光降，我还要拜先生呢！"瑟卿说："你住在那里？他来时好找你。"阿四说："住吴县衙门后边，枇杷巷。"瑟卿在湘莲肩上拍了一下说："记真了，枇杷花下闭门居。"湘莲笑道："大家都记着些。"此时夜已深了，又听阿四弹了一回琵琶，已到官船。早有家人们在船头伺候，阿四又送他们过船。梅瑟卿赏了他三十块花边、两匹绫绢。柳湘莲便从身上摘下块汉玉同心佩，递与阿四说："聊以相赠。"那阿四俱各谢了，自回船去。这里梅、柳二人谈了几句，各自安歇。

次日天明开船，走了有四五里的光景，湘莲指道："快了，那就是！"瑟卿顺着他的手一看，见松柏掩映，透出几段红墙。临近了，见墙头上露着碧森森的几竿修竹，又有一枝娇艳艳的红茶花探出墙外。瑟卿说："好个去处！"湘莲道："里头地方忒窄。"说着便叫船家拢岸。那高升派了个火夫陶乙跟了柳二爷去挑行李，柳湘莲带了陶乙下船。去不多时，只见柳湘莲头里走着，陶乙挑着一个竹箱，大小两个包袱，上拴着一口宝剑，一张弹弓，慢慢走来。锦奴说："爷倒不像，柳二爷这琴剑书箱才像赴考的呢。"说着，柳湘莲就上了船，赏了陶乙五百大钱。瑟卿教把行李安置在后房舱，二人吃了饭。

瑟卿问道："你这几年到底在那里来着？"湘莲说："自那年为了件

事出京，到广东香山县找个朋友。谁知我的时气不好，才到几天他就丁忧了。我把他送到湖南原籍，住了半年。过洞庭湖，在湖北住了几天，就往江西去游了游庐山。遇着个朋友，替他管了点闲事，上了趟杭州，就在西湖住下了。去年腊月二十四才到的苏州。”瑟卿就问：“你替人管什么事？”“是保了一镖银子！”瑟卿笑道：“你可是文武全才。”湘莲叹了口气说：“也不过是谋生罢了。再者，趁着这岁数儿，老了就不行了。这一到京，熟人还不知有谁没谁呢？去年见那告示上，可惜那宝老二怎么会丢了！”瑟卿说：“你没见京报上吗？有了。”就把奏摺上的话，说了一遍。湘莲道：“他们弟兄里，还就是他是个人物。那几位令兄都靠不住。”瑟卿道：“我那位襟丈，只听见人说，总没会过。”湘莲问：“你们是什么亲戚？”瑟卿说：“他的夫人就是荆人的堂姊。”湘莲说：“就是薛大哥的妹妹吗？”瑟卿说：“正是。”湘莲说：“这都是我离京之后的事了。”二人一路上说说笑笑，颇不寂寞。

这日到了镇江，湾了船。次日叫了只江船，带了锦奴，主仆三人去逛金山。各处游玩多时，又登那宝塔，观看江景。见瓜州一带帆樯上的号旗映着日光，灿若云霞，真是江天一览。

初来时，和尚原不知是嘉兴府的少爷，问了锦奴才晓得，慌忙烹茶、摆点心，又要摆斋。瑟卿说：“都不必，我们随喜随喜，今日还要过江呢。”和尚说：“天晚了，少爷明天再过江罢，请到那边看看苏学士的玉带。”二人便同和尚到方丈来看苏东坡的玉带。瑟卿教锦奴送了和尚二两香资。锦奴向和尚讨了一大枝白梅花担在肩上，慢慢绕到前边。和尚送出山门，两下里拱拱手，开船。湘莲问锦奴：“你作什么弄这累赘？”锦奴道：“两碗半茶值二两银吗？”湘莲笑道：“那三十块洋钱你怎么不说呢？”锦奴笑道：“他可比和尚长的好看呢！这和尚我就嫌他腆着个大肚子，混充弥勒佛。”说的连船家都笑了。

瑟卿还要焦山去，湘莲说：“你看远处那几点黑，怕是要起风，早些回去罢！”瑟卿见江猪拜风，也就不往焦山去了。

回到官船，只见和尚驾一只小快船赶来，送了一担第一泉水、两瓶茶叶、一小篓笋干、两包豆豉。家人们找家伙装水，梅公子说：“不拘腾在那里,少时就还倒江里去。”家人回说:“这是第一泉的。”瑟卿说:“我们在庙里喝的才是呢!这就是随便舀的江水,也只好留下罢,开发四两银!”家人答应,自去打发和尚。

梅公子见天色尚早,教船家趁着这东风过江去。走到扬州,梅公子上岸,坐了轿子到扬州府去拜了年伯。那知府留吃便饭,天晚回船,知府又送了些土仪。

次日早行,到清江浦换船,渡过黄河,便从王家营起旱进京。在路上商量,湘莲要到薛家去住,梅公子那里肯依他,一定要他在家里住。

这日进了都门,到了梅宅,瑟卿先进去拜了母亲,见了妻子,把任所的事情说了一遍,又把路上遇见柳湘莲的事告诉母亲。梅夫人说:“既是有客,你出去照应照应。”瑟卿说:“他少时就要见母亲呢。”说罢,到书房,见湘莲洗了脸,换了衣裳,等着一同进内拜见梅夫人。未免彼此客套了一回,就留在小花园住下,派了个小小斯狗儿伺候。

次日柳湘莲雇了辆车到薛家,见了他母子十分亲热。又将梅瑟卿留住的话说了一遍,薛姨妈说:“二姑爷作人本来好,又和气又活动,不像大姑爷总有点痴痴的。”湘莲坐了好久,就往贾府来拜宝玉。

且说宝玉因场期将近,这日正在内书房抱佛脚。忽见焙茗答应飞跑出去,宝玉整整衣冠迎接出来,二人见面,执手寒温,进房坐下,焙茗倒了茶来。宝玉就问他这几年行止。湘莲便把对瑟卿说的话又述了一遍,又告诉说梅瑟卿待他的光景。宝玉听了说:“可惜,这个人我总没见过,殊为恨事。”湘莲道:“他这两日就来拜你。”又问了回宝玉如何走失,如何回来。宝玉细细说了一遍,便向湘莲问当初如何未曾出家。湘莲说:“我要是出了家,今日咱们就见不着了。”宝玉问:“怎么?”湘莲笑道:“你们府门上大书特书‘僧道无缘’,自然就见不着了。”宝玉问焙茗:“我怎么没看见?”焙茗说:“在那边垛子上贴着呢!”宝玉又问湘莲:“你这进京打算怎么样呢?”湘莲道:“瞧瞧你们,还要出山海关逛逛医吾闾山呢。”宝玉说:“真吗?”湘莲道:“怎么不真。”二人谈心,宝玉留他吃晚饭,吃与不吃,下回分解。

第八回　一帘风雨祀花神
半夜绸缪偿孽债

话说宝玉留柳湘莲吃饭，刚放筷子，贾兰进来。宝玉教他见了湘莲，又问他："吃了饭没有?"贾兰说："还没呢!"宝玉说："就在这里吃罢。"叫锄药到大奶奶那边说："我叫阿哥在这里陪客呢，不用等他吃饭。"锄药答应去了。

这里三个人吃着饭闲谈。宝玉问一路上的古迹，又问梅瑟卿的为人。柳湘莲便把一路上的景致细细敷衍出来。说到游金山，贾兰道："你们二位倒暗合了杜审言的一句诗。"湘莲问"那一句?"贾兰说："恰恰乎是'梅柳渡江春'。"三人一齐大笑起来。宝玉说："怎么有这样巧事呢。"贾兰道："天下这些名胜，我几时才能见见这世面!"湘莲笑道："今年中了进士，点了翰林，放个差出去就可以见着了。"贾兰笑道："未必有那造化罢！就是有那命，到了那个时候，被众人拘束起来，寸步难行，终不及足下这闲云野鹤舒服。"湘莲笑道："各有各好处。"

宝玉向湘莲道："你说要出关，索性等我出了场，咱们多盘桓几天。"湘莲道："我也是这么说，等听了你们的喜信儿，我们再起身。"宝玉问："你同谁去?"湘莲说："薛大哥要贩些皮货，叫我替他照应点儿。"

贾兰问道："这保镖也遇见过贼没有?"湘莲说："怎么没有？那年从江西上杭州，走到玉山地方，这日有点阴天，走到申酉的光景，忽然从竹林里出来五个人，为首的是个年轻的，走过来拦住脚夫们。我问他:‘什么事?’他说:‘谁许你们这么公然走路?’我就问:‘不公然走路,谁还给你下帖子通知你!’正说着过来个老头子,有六十多岁,比我高着还有一头,一部大长白胡子,打着他们的乡谈,我也不懂。他就扯开弹弓,我容他放了三个空弹子,到了第四个,我就还了手,把他的那个弹子碰回去,正打在老头子的竹笠子上。那个年轻的过来拱拱手,问了名姓。我也问他的名姓。”宝玉说:“想来是一家子。”湘莲笑道:“那里是一家人,都是些乌合之众。那个年轻的姓罗叫亚群,那老的叫马振,还有一个姓褚,一个姓申,那一个我不记得了。原来真是‘盗亦有道’,都陪个礼,不用咱们说话,他就督催着脚夫赶路,五个人一直送过山才回去,一路上也都说说笑笑的。”贾兰说:“那一弹子要是打不着怎么样呢?”湘莲笑道:“也只好都送了他。”说的又都笑起来。此时饭已吃完,喝了茶,湘莲说:“不早了,我要回去了。”宝玉说:“闲了来谈谈。”湘莲说:“来倒容易,怕搅了你们用功。”说罢,拱拱手自回梅宅去了。

这里宝玉叔侄送客,进来同到王夫人上房,就把柳湘莲来拜的话说了一遍。王夫人说:“这不就是尤三姑娘要嫁的那个人吗?”宝玉说:“可不是他。”贾兰说:“太太瞧他还会保镖呢!”王夫人笑道:“这么个能干人,怪不得尤三姑娘要嫁他! 后来怎么又闹的抹了脖子呢?”宝玉说:“都是东府里闹的那些原故。”王夫人说:“本来尤三姑娘那两只眼睛长的犯相,不娶那样媳妇也罢了。”又说了几句闲话,王夫人叫他们自去歇着。于是叔侄各自回房。

且说宝玉一进院门,只见上房灯烛辉煌,恍惚宝钗在炕上坐着,还有几个人瞧不出来是谁。他便顺着西厢房的走廊来到窗下,隔着玻璃一看:见宝钗坐在炕里头,面向北;摆着一桌果菜,袭人坐在东边,挨着排插;麝月、莺儿坐在地下椅子上,向南;又是说,又是笑。只见小丫头双环出来泼水,宝玉向他摆摆手,双环会意,悄悄的说:“怪冷的,二爷何不进去,排插后头不是杌子。”宝玉点点头儿,趁着丫头掀帘子,就跟进来,坐在杌子上。

只听宝钗说:“你倒是喝呀!”袭人说:“喝呢,奶奶也喝呀!”麝月说："奶奶不用让他，他等人全了才喝呢！"莺儿说："如今咱们这屋里，连上带下才几个人呢！那年二爷的生日，我跟了姑娘往怡红院去，那时候人才多呢，那个热闹法儿！"宝钗说："那个热闹也不是常事。"袭人说："真可是大家只为热闹，喝醉了，七颠八倒，躺下就睡。那一遭不是我们俩伺候着灯儿火儿的，饶是小心，还听多少闲话，造多少谣言，上头知道了还担不是。如今虽说人少些，省好些心。就像今日罢，奶奶这么赏脸，妹妹们拿我当个姐姐似的，就是多喝点儿也没乱儿。"麝月笑道："你白试试，要是喝醉了，保管你有乱儿。"袭人啐了一口说："你又扯到那里去了！"宝钗叫莺儿："瞧瞧外边儿的火碗灭了没有？趁热吃点罢。"麝月说："奶奶不知道，他留着肚子吃体己呢。"袭人笑道："等我闲了，撕你那嘴。"莺儿说："这有什么呢？"麝月说："可说呢，昨日晚上我给奶奶剥橙子，剩的就给我吃了，这不是体己么，我怎么不着急呢？"说的宝钗也笑起来。莺儿叫人换热酒，双环答应过来，莺儿说："你不中用，再叫个大些的。难道这么早就都睡了不成？"

只听宝玉笑着说："没睡，伺候着呢！"三个人一齐站起，宝钗在炕上也欠欠身。宝玉说："请坐。"自己就坐在袭人对面。袭人与宝玉、宝钗都斟了一杯，又给麝月、莺儿斟了一杯，他二人又回敬袭人。宝钗问宝玉："你几时进来的？"宝玉笑道："他们三个人争体己的时候就来了。"说的三个人都不好意思起来。宝玉问宝钗："什么事如此盛谈？"宝钗道："袭姑娘的生日，难道你忘了么？"宝玉说："不是明日么？"宝钗道："今日先替他作寿日，明日正日子再吃面。"宝玉笑道："趁着我不在家，这才是体己呢。"袭人说："这是奶奶赏的。这些年，爷还没这么赏脸过呢。倒会说便宜话。"麝月说："不用闹这些个给我们娘儿们瞧了。"说的都笑了。又喝了几杯，听见钟打了十一下，宝钗说："不早了，再喝会儿该歇着了，明日还要磕头呢。"宝玉说："我也困了。"于是大家起席，盥漱已毕，各自安歇。

宝玉想起方才莺儿说那年在怡红院过生日的话来，那是何等热闹，一时之间星流云散！如今虽有妻妾四人相伴，宝钗之端庄，袭人之恭谨，麝月、莺儿原是小丫头出身，虽然收了房，仍是各守本职。如何像晴雯之骄傲，芳官之轻狂，所以弄的个宝玉竟不能恣情纵欲，倒被他们拘束起来。因想到明日花朝，正黛玉二十冥寿，要祭奠一番，又不好明说，只说祭花神便可瞒过他们。这一夜真是展转反侧，直到鸡叫才略睡睡。天亮就起来，梳洗毕，到上房请了安，便出去叫焙茗买几样鲜果，再买两盆春兰。此话不提。

且说宝钗晓妆已毕，看着袭人打扮上，带着到上房给王夫人磕头。他自己又到李纨、周姨娘处去让。此时宝玉从书房进来，宝钗尚未回家，只见婆子们掇进两盆兰花，还有两大蒲包鲜果。麝月笑道："寿礼来了！"宝玉说："别混说，这是祭花神用的。你找两个好花盆换上，再瞧瞧那果子是几样，预备几个好盘子。"麝月就问："供在那里？不用香烛吗？"宝玉说："晚上才祭呢。"说罢就出去了。宝钗同袭人回来，看见花果，便问："谁送的？"麝月就将宝玉的话述了一遍，宝钗想了想说："是了，今日是林姑娘生日，还是二十岁呢。不要说破，只怕晚上还要往潇湘馆去呢。"袭人道："那可使不得，屋子又潮湿，再搭着这阴天，还得奶奶拦他。"宝钗笑道："不用拦他，也拦不住。索性叫老婆子去把屋子拾掇出来，笼上火盆，预备下茶水。屋子弄暖着点儿就是了。"袭人自去分派人往潇湘馆去。麝月找出两个蓝田玉的花盆，瞧了果子是八样，就拿了八个缠丝玛瑙的盘子，又是一个古铜小炉，用珐琅小盒装了一盒沉檀，又收拾出一份洁净茶具。宝钗笑道："好好预备，不然林姑娘是要见怪的。"

正说笑道，平儿打发老婆子拿着个拜匣，笑嘻嘻给宝钗请了安，又问了袭人好，说："这是我们姑娘给袭姑娘祝寿的。原要亲身过来，这两日有点不舒服。"袭人笑道："不敢当，年年叫姐姐费心。"宝钗问婆子："只怕也快了罢？"婆子说："听见说是月底。"袭人让他喝茶，婆子说："不喝了，家里忙呢。"袭人腾了匣子，给了五百钱，说："回去替我给姐姐道谢罢！"婆子答应去了。袭人把四件活计送与宝钗看，宝钗说："这槟榔包儿是他自己作的，实在下工夫。"袭人说："奶奶留下使罢！"宝钗说："你留着用罢。我有个平金的，也是他送的。"只见宝玉掀帘进来，问道："谁送什么？"宝钗道："平姑娘给袭姑娘作生日的。"袭人铺下红毡，说："等着给爷、奶奶磕头呢！"宝玉笑道："不必了。"袭人便拜了下去，宝玉连忙拉他起来，又给宝钗磕头，宝钗拉起，说了几句祝词。又有众人拜寿道喜，热闹半天。

晚饭后，宝玉向宝钗道："今日花朝，我想咱们在园子里住的时候，逢时遇节大家玩耍，后来就搁下了。今日我要祭祭花神，自然是园子里清净些，你替我想个地方儿，那一处好？"

宝钗笑道："清净中之最清净者，莫过潇湘馆。然而祭花神须得一篇祭文，可别像祭芙蓉神的那些'共穴''同灰''情深''命悲'的字样，用不得！芙蓉神原不大识字，这花神可是品学兼优的，倘或冒犯了，又得一篇后祭文赔不是。"宝玉说："你怕我作的不好，你就替我作一篇。"宝钗冷笑道："又不是我祭，不犯尽着作那冒名顶替的事情。"说的宝玉无言可答，只好搭讪而已，笑着说："三个人匀两个跟了我去，祭文也到那里再作罢。"宝钗道："他的生日没有不去的理，就叫麝月、莺儿跟去罢。"又问道："今晚回来不回来？"宝玉道："自然是祭完了回来好，又怕园门关的早，好些累赘。"宝钗道："说准了，好把铺盖拿了去，不然怕冻着。"宝玉笑道："这也好，索性明日一早回来，倒省事。"宝钗听了，叫袭人打点铺盖，又叫老宋妈跟了去，在下房伺候茶水，又说："你们俩也拿床被去，看冻病了又是事。"于是婆子们将祭礼、花果，暨铺盖、脸盆等都搬运到潇湘馆去。这里宝玉不住的瞧表，宝钗说："该去了，看下起来，就是那一篇祭文还得作几个时辰呢！"宝玉站起身来说："咱们走罢！"宝钗笑道："见了花神想着替我问候罢。"宝玉带了麝月、莺儿笑着去了。

进了大观园，一路寻思这祭文的作法：太庄重不能尽情，若把私心写出，又怕得罪了黛玉。左思右想，犹疑不定，又不好回去和宝钗商量，说："也罢，索性不用那些繁文，全凭这一瓣心香以表精诚，或可梦中相见亦未可知。"打定主意，不知不觉已到潇湘馆。见那满院的修竹更比从前茂盛，连那石子甬路上都迸出春笋来。抬头一望，密不见天，真是苍烟漠漠，翠霭森森，窗轩寂寂，帘幕沉沉。屋檐下还挂个不全的铁马，被东风吹的叮当乱响。此时将近黄昏，宝玉心中十分伤感。

莺儿过去掀起绛毡板帘，见当地笼着个花梨架白铜小火盆，临窗桌堆着那祭礼，满屋里却无灰尘。便教他两个把兰花供在迎面案上，又把小方桌抬来放在中间，把鲜果摆好，又供了碗雨前茶，前面设上小炉。麝月问："二爷不是要写字吗？"宝玉道："不写了，你舀水来洗洗手，拈香。"正自安排，听窗外淅淅沥沥下起雨来。宝玉净手拈香，恭恭敬敬磕了四个头，默祷一番，起来坐在椅子上痛哭了一场。麝月、莺儿看着又是好笑，又想起黛玉在日的光景，不免也都伤起心来。二人商量，过来也磕了四个头。

宝玉站起来，看里间，见床上堆着两卷铺盖，宝玉说："把我的就铺在套间林姑娘常睡的暖阁里。你们俩就在这床上罢！"麝月钩起秋香色软帘，只闻得一种香气，深浸脑髓。麝月说："什么香？"莺儿说："这是林姑娘。"麝月问："你怎么知道？"莺儿说："那年我跟着姑娘们放风筝，我光着脖子。林姑娘怕我吹着，就把自己的一条白绉绸手巾给我围上。后来我还去，就赏了那手巾，就是这个香味儿。我放在箱子里薰衣裳都香了。"麝月说："瞎说，这些年还香？"宝玉听见这些话，便说："你们不知道，像这样香总不会散的。所以古人曾说过'至今三载留余香'，这正是一样的香了。"莺儿说："这么说起来，我们姑娘那冷香丸的香气自然将来也是不散的了。"麝月瞅了他一眼，莺儿自知失言，忙着铺设好了，服侍宝玉宽衣睡下。二人背起灯光，自去歇息不提。

且说宝玉虽躺下并未睡着，想起黛玉在时，花容月貌并那雅谑娇嗔，无一样不令人销魂，未免在枕上落了几点眼泪。忽听一阵风来，吹的那满院的嫩梢相触，便想起《西厢记》上的"风弄竹声则道金佩响"，真成了"意悬悬业眼，急攘攘情怀"。

正想着，只听窗个有脚步声，宝玉起身一看，见个垂髫侍儿提着个绛纱宫灯，后面一个美人手扶小婢，姗姗而来。进门来，宝玉细看时，不是别人，却是黛玉。头挽云髻，身披雾縠。宝玉迎着问道："妹妹身上好？"那美人并不答言，面带薄嗔，坐在生前常坐的椅子上，说："宝玉你好……"说到这里，便滴下泪来。宝玉说："妹妹还是恼我呢！"回头看了看，不见那两个侍儿，便走近前来，说："并非我负心，因是双亲之命。自你仙逝后，我时时在念，刻刻难忘。你若不信，拿出心来你看！”黛玉道：“你这些话，我都不懂。自你搬出园去，我每日无非是调鹦、看竹，及时行乐。”此刻，宝玉恍惚自己娶的原是黛玉，仿佛今日正是佳期。向黛玉笑道：“数载苦心，也有今日了。”暗想道：“他们都说娶的是宝姐姐，原来还是林妹妹。”看他两道似蹙非蹙的眉，两只似睁非睁的眼。宝玉情不自禁，那黛玉也就半推半就，这一夜绸缪缱绻，不必细说。

只听一声鸡鸣，宝玉从梦中惊醒。那枕上云香，被中艳影，依稀尚在。看了看残灯微焰，窗纸发白。想方才的梦景，若说是梦，又历历分明；若说非梦，仍是我一人在此。也不管他是梦不是梦，也算是了结了我二人的心愿。翻来覆去，见天已大亮，自己起来，走到外间，见他二人并未卸妆，合盖着一床被，尚在梦乡。宝玉轻轻的坐在旁边，麝月一睁眼看见，便推莺儿。

二人笑着起来，说：“二爷好早，别是没睡罢！”宝玉笑问：“昨夜花神来了没有？”麝月说：“怎么没来？”宝玉问：“你听见说什么没有？”麝月向莺儿使个眼色，莺儿说：“那些话我可不说了。”宝玉又问：“你们到底听见没有？”二人齐说：“岂止听见，还瞧见了呢！”宝玉又问：“瞧见什么了？”麝月说：“那更说不得了。”宝玉听见这话，只道昨夜的事他们有所见闻，便红了脸，笑道：“不用闹了，咱们家去再说罢。”

不知宝玉到家说些什么，且听下回分解。

第九回　劝扶正凤姐怜夫
因积德平儿生子

话说宝玉带着麝月、莺儿回到自己房中，见宝钗正在窗下临镜，袭人站在背后篦头。袭人说："回来了。"宝钗回头问道："见着花神了，花神可好哇？"宝玉笑着坐在旁边，说："什么好不好，不过是心到神知罢了。"宝钗笑问莺、月二人："你们瞧见花神没有？"宝玉只怕他们说出昨夜的话来，忙着说道："信他们胡说呢。"麝月笑道："没见着花神，倒遇着雨神了。"莺儿说："这一夜下的还了得，对着那竹子更响的利害。"麝月忙着伏侍宝玉梳洗毕，又吃了一碗莲子桂元汤，便往上房请安去了。这里二人便将昨晚如何上祭，如何哭，今早又谆谆盘问他们的话，细细说了一遍。宝钗对袭人笑道："不这么样，他也不依。倘或再发起呆性来，倒不好。"麝月说："这一夜又冷又怕，他躺下就着了。只听后院里不知什么响，吓的我蒙上头才睡着了。今日二爷起来，我们还不知道呢。"

此时宝钗晓妆已毕，穿了衣服到王夫人处请安。只见李嬷嬷跟了巧姐儿过来请安，王夫人问嬷嬷："平儿这儿日怎么样？"嬷嬷说："怀都下去了。"王夫人又问："你们太太张罗了些什么？"嬷嬷说："昨日赏了五两银子，教他自己制办。"王夫人道："也可怜见的，头生末下的知道用什么呢？我业经都作出来了，明日是个好日子，叫人送过去，那个叫他留着零碎使罢。我派了老赵嬷嬷跟着，他进来了没有？"嬷嬷说："进来三四天了。"于是大家吃了饭。

李纨约了宝钗同了巧姐儿去看平儿。进了院门，嬷嬷说："大奶奶、二奶奶瞧平姑娘来了。"只见平儿、丰儿笑着迎了出来。彼此问了好，进房坐下，丰儿倒了两碗茶来。平儿笑道："怎么劳动二位奶奶来瞧我。"宝钗说："太太很惦着你呢！"嬷嬷就把王夫人的话说了一遍，平儿说："太太这样恩典，叫我怎么报答呢！"说着眼圈红了，又说："若是有我们奶奶也好哇。"说到这里更伤起心来。巧姐听见提起他娘来，也就滴下泪来。李纨说："这倒不是看你来，倒是招你伤心来了！你好好的给太太养个孙子，更疼你了。"说了一回散话，都往巧姐房里来。

宝钗问："巧姑娘做什么活呢？"巧姐拿出个红缎褡裢，上面是福缘善庆的花样。宝钗问："拉锁子跟着谁学的？"巧姐说："平姐姐教的。"李纨问平儿："姑娘的东西也得代着手儿作了。"平儿说："作出三十双鞋来了。"李纨说："我们也都作出几双来了。"巧姐见说他的嫁妆，就进里间去找出几篇仿来给他二人看。宝钗说："字写的更长了。"李纨笑道："你那天给我瞧的那跳格儿呢？"巧姐说："那一天我拿去给二叔叔瞧，兰哥哥说写的不好，我就烧了。"李纨笑道："那是怄你呢，我瞧着很好。"又坐了一回，李纨说："走罢，到你们家看看芝儿去。"说着就同着宝钗起身，巧姐、平儿等送出院门回去。无话可提。

到了次日，王夫人差人送来产妇婴儿可用之物，平儿看了十分感激。到了晚上，贾琏进来，平儿将那些东西给贾琏看了，也是感激，说："明日我替你给太太磕头去。"说了回闲话，喝了几盅酒，就叫丰儿服侍睡下。

原来平儿自从受孕后，便不与贾琏同房，自在东里间。近日王夫人又派了贾琏的赵嬷嬷与他作伴，贾琏带着丰儿在西里间住。刚然睡着，只见凤姐笑嘻嘻的同着尤二姐进来，坐在炕沿上说："我们给你道喜来了。"贾琏问："什么喜事？"凤姐笑道："咱们有了儿子了。"贾琏笑道："平儿虽然怀孕，尚未分娩，还不知是男是女呢。"凤姐指着尤二姐说："那不是！"贾琏一看，果然尤二姐怀里抱着个孩子。那尤二姐满眼含泪，望着贾琏点头。此时贾琏并不记得他二人已死，便问凤姐："这孩子到底是谁养的？"凤姐叹了口气说道："老太太告诉我的，说你我的行为断不能有后。皆因平儿素日为人恤老怜贫，处处积阴功、存口德，到后来还要受诰封呢。所以我来劝你从今以后，把那酒色财气都检点检点。酒是最能乱性，喝高了兴，竟会把礼义纳常撇之脑后。色之一字，更是要紧。只图一时之乐，坏了他人的名节，坏了自己的行止。还有那嘴角儿上的阴骘，更是要紧，断不可谈论人家闺阁暧昧。见人升官，就起嫉心；见人有钱，就生妒心，不可不慎。你已是三十多岁的人了，老爷、太太年老，你有几个亲人？依我说，就把平儿正了位，于你也有帮手，于孩子也有照应。如今虽然都是他经手，到底众人不服，他未免掣肘。你们好好的过罢，我再来瞧你！"回头向尤二姐道："咱们给他送去吧。"说着起身同去。贾琏此时又像知道他们已死，从梦中哭醒，见残灯尚在，看了看丰儿蒙头沉睡。贾琏叹了气，又朦胧睡去。

且说平儿睡醒一觉下了地，打开灯罩拨了拨灯。小解了，用凉水洗了手，重新上炕。躺下才一合眼，见凤姐带着尤二姐进来，尤二姐怀里抱着个孩子。平儿就请安问好，说："奶奶回来了？怎么这么巧，都一同来了？"凤姐说："因你在孩子跟前用心，我来谢谢你。"平儿说："奶奶这是怎么说呢！"凤姐说："告诉你罢，我们来给你送儿子来了。皆因你暗中有多少阴骘，携带的二爷也不致绝后。将来你受子之荣，也有人称你太夫人呢！"便向尤二姐说："你不用舍不得，将来也要沾光呢！"只见尤二姐就把那孩子塞在他被窝儿里。平儿急的说："这是怎么说。"只觉心头突突乱跳，及至醒来，觉得身子底下精湿一大团，吓的说："赵奶奶快起来罢，可不好了！"

赵嬷嬷从梦中惊醒，听见儿啼。偏是灯又灭了，鞋又找不着，就光着脚下地摸火纸点灯，口里说道："我的小奶奶，你倒是早些言语呀。"平儿说："我还不知道呢！"贾琏原未睡实，听见婴儿啼哭，又是他们两个人说话，就把丰儿叫起，对了个灯，看了看表，正是子正。自己也披衣过来，见赵嬷嬷还在那里找火纸，见拿了灯来，说："丰姑娘你把他抽起来，我好招拂孩子。"丰儿跳上炕来抽平儿，平儿说："你慢着些，我还起不来呢。"赵嬷嬷掀开被一看，才忙着把平儿的小衣褪下，见胎胞婴儿搅在一处，伸手就抱。贾琏见他赤着脚，抓了来把血，又是着急，又是好笑,说:“妈妈,你把袜子穿上罢,看着了凉。”便叫丰儿扶平儿坐起。自己到厢房窗外把巧姐儿的李嬷嬷叫来。李嬷嬷上了炕,把胎胞和孩子理清。此时老婆子们也都起来,烧通条熬定心汤。李嬷嬷把脐带剪断,包好孩子交给平儿抱着,又把炕上的血迹收拾干净。贾琏见是个男子,想起将才的梦来,要告诉平儿,又怕他伤心害怕。这平儿喝了定心汤,慢慢的把梦中之事告诉贾琏。贾琏说:“你奶奶可是穿着那在日常穿的那件月白棉袄吗?”平儿问:“爷怎么知道?”贾琏就把夜间的梦说了一遍,大家都觉诧异。

此时天已闪亮,贾琏看着平儿喝了粥,自己也喝了一碗粥,就往贾赦、贾政各处道喜回话,又到祠堂各处磕头。不一时,就有王夫人、邢夫人送过粥米、糖蛋等物。又见李纨、宝钗都来看视。平儿又把昨夜两梦告诉他们,二人亦觉稀奇。看那孩子,发长额宽,雪白粉嫩。李纨问:“过了月了吗?”平儿笑道:“我还不知道呢?大奶奶瞧我这肚子里挺硬,只是疼,别是还有一个罢?”大家都笑了。李纨说:“那是儿枕疼,不要紧,揉揉就好了。”宝钗说:“我那里有宁坤丸,回去找了给你送来。”平儿笑道:“上次二奶奶给的那药吃得吃不得?”李纨问:“什么药?”宝钗说:“胎产金丹。”李纨说:“正吃么!”

二人坐了一回,同去到王夫人处回话。说平儿给太太磕头,又把他们的梦告诉了一遍。王夫人想起凤姐不由伤心说:“平儿那孩子实在可疼,虽有本事,却不张道。为巧姐儿的事,琏哥就有这意思。皆因大老爷回来竟闹气,也不敢说。又搭着他有了喜,索性等养了再说。那也是定了的事了,倒是你们俩给他挑挑嬷嬷。可比不得兰儿、芝儿的嬷嬷,这可得留点儿心,咱们那位琏二爷是出名的淘气,别又弄出事来。”说的大家都笑了。

只见贾珍父子过来道喜,李纨、宝钗便往稻香村来,叫人传给林之孝家的,把仆妇册子查查,有奶的传几个来挑嬷嬷。

至午后见林家的带进三个媳妇来,都请了安,一排站着。林家的指着回道:“这个高身量的,是东角门的买办王德的媳妇。”李纨问:“孩子多大了?”媳妇回道:“四个月了。”又问:“你多大了?”媳妇说:“二十六。”李纨又问那两个。林家的话：“这白些的是跟三爷的常寿儿的媳妇，二十一岁，孩子八个月。这个黑些的是茶房汤铭的媳妇，三十二岁，孩子才满月。”宝钗问：“咱们家这些人，怎么才有三个有奶的？”林家的回道：“奴才查了原是五个人，那两个一个是老宋妈的孙子兴儿媳妇，现长奶疮；一个是鲍二的小姨子，乌贵媳妇，住娘家去了。”李纨看了奶，就和宝钗商量留下王德家的、汤铭家的，带过来请王夫人看。王夫人就留下汤铭媳妇，着林家的带去交给平儿，又说：“照芝哥的小李嬷嬷例，每月也是一两五钱银的月费。”林家的教给太太、奶奶们磕了头，跟着林家的去了。

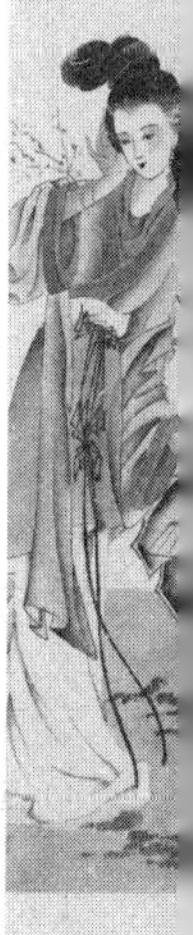

晚饭后，贾政进内，王夫人把贾琏、平儿的梦说了一遍。贾政道：“天道悠且远，鬼神茫昧然。那也没什么凭据。倒是和大老爷、大太太商量，把平儿扶了正，于琏哥好些。算了媳妇，他也好谏劝，我看那丫头还明白。他父母还是你们家的家生啊？还是外买的？”王夫人说：“他就是跟我大哥的韦善的女儿，自幼儿就跟凤姑娘，所以就陪了过来。”贾政笑道：“原来是他的女儿，这就怪不得了。那一年我扈驾北狩，还借过他几天，是很朴实，官事也明白，比周瑞好多了。”王夫人笑道：“那是他们老爷的总钥匙，他那儿子就不中用了。”贾政道：“有个好女儿就是了。等满了月，就把这件事办了。今日大老爷命名叫苓哥儿，十分欢喜，说要大办呢！”王夫人说：“七十岁得头一个孙子，花几个钱也是乐的。”

有事便长，无事便短，不觉已到三月初三，王夫人的生日。唱了两天戏，自然来些高亲贵友，不必细说。

到了宝玉、贾兰进场之时，王夫人和贾政商量，不必赁小寓，就从家里走，无非早些动身就是了。李纨自去料理贾兰的考具，不提。

且说宝玉看着宝钗、袭人与他打点，又说带这个，又说带那个。袭人说：“你别跟着搅了，让奶奶打点出来，你过了目，一装就得。”宝玉笑道：“你们怕搅，我可又走了。”袭人听见这话，一阵心酸，滴下泪来。宝玉说：“在家又嫌搅的荒，出家又舍不得，不然你就跟了我去。”说的袭人噗哧的笑了。

收拾完,次日四更就起来。叔侄两个来见贾政、王夫人。贾政嘱咐了些进场的话,二人一一答应。王夫人想起乡场的事来,就说:"兰儿你和叔叔拉着走罢。"贾政笑道:"太太不必乱想,这一回断不能走失了。"就叫人出去看车齐了没有。宝玉说:"程师爷还要送呢!"贾政说:"这妥当极了,就去罢。"二人请了安,各人又见过母、妻。宝玉又与李纨请安,兰哥给婶娘也请了安。各人又嘱咐了几句,送他叔侄出去。

这里王夫人和宝钗盼了一日又一日的,把这九天熬过。见他叔侄二人笑嘻嘻的进来请安问好,这婆媳才都把心放下。原来王夫人许下心愿,背着贾政买了口猪祭天。

过了两日,十九正是苓儿的满月。贾赦教趁着这日摆酒唱戏,就推平儿登了琏二奶奶的宝位。平儿到祠堂行礼,长辈磕头。那玉字旁比贾琏小的都来拜见,平儿还了半礼。草字头的都给他磕了头。众下人都来参见琏二奶奶已毕,王夫人便向平儿说道:"明日咱们商量喜事。"不知王夫人商量何事,且听下回分解。

第十回　宝玉叔侄入翰林
探春姊妹邀诗社

话说平儿向王夫人问道："太太吩咐什么事？"王夫人道："今日都乏乏的，明日再说罢。"薛姨妈笑道："三爷的喜事也快了。"王夫人说："可不就是为那个事么，闹的我也受不得了，如今精神也贯不到了，可见人老了真就没用了。"说的大家都笑了。李婶娘笑道："亲家太太上了年纪，也禁不得累了。正礼交给姑奶奶们办去，只怕他们更都想的到呢，自己倒省心。"王夫人说："我也是这么说呢。"于是大家吃饭，又听了几出戏。王夫人便同薛、李二位辞了邢夫人，带着李纨、宝钗等回来。王夫人留薛、李二位住下，各自安歇，不表。

到了次日，平儿带着巧姐到王夫人处请安道乏。此时李纨、宝钗也都上来请安。王夫人道："环儿的事交给你们三个人办罢，我不管了。有的事，那些东西放定后，就张罗出来。该收拾什么，你们商量罢。外头的事，我已经交给琏阿哥了。他说新房就用荣禧堂的西跨所，我想也好。宝玉住东边，环儿住西边，通里头都有角门，媳妇们过来也方便。"李纨笑道："那也好，两边一样，还得添人呢。"王夫人说："人也不必多，够使的就是了，那边自然有陪房呢。"平儿说："听见外头说，没有双身的，就是紧跟的一个丫头，粗使的一个丫头。"宝钗笑道："你怎么知道？"平儿说："不但知道这个，连他们的名字都知道，一个叫双红，一个叫双碧。这双红和三奶奶同岁，说长的比三奶奶还好呢！他们老爷要留下，姑娘不肯。"王夫人说："想来是使惯了离不开。"平儿

说:“又会吹,又会唱,自然舍不的。”宝钗笑道:“三爷才是个有福的呢,不像我们屋里那三个吃货儿。”说的众人都笑了。王夫人说:“吃饭罢!”

早有人去请了薛、李二位过来,平儿向他二人请安道乏。不一时,摆上饭来。王夫人说:“你们娘儿四个跟着我们吃罢。”

于是吃完饭,盥漱已毕。王夫人留巧姐斗牌,巧姐向平儿耳边说了几句,平儿笑道:“是了,你先玩罢。”王夫人问道:“什么事,这么鬼鬼祟祟的?”平儿笑道:“他教我给他送钱来。”王夫人道:“好宝贝,不用家里要。去和你玉钏儿姐姐要一串玩罢。”这里斗牌不提。

且说李纨、宝钗、平儿同到稻香村来,坐下喝茶。李纨说:“咱们还是伙着办呢,还是分开呢?”钗、平二人说道:“随你,都使得。”李纨说:“依我,咱们分开:衣服铺盖交给我,首饰交宝妹妹,收拾屋子、派人交琏二妹妹。”平儿把脸一红,说:“大奶奶,这个称呼怪不得劲儿的。”李纨笑道:“不这么称呼,怎么称呼呢?”宝钗正和素月看蚕,听见这话,回过头向平儿说道:“家里叫你这么一句,你就不得劲儿。明儿到了巧姑娘家,人家称呼你亲家太太,你又该怎么着呢?”说的大家都笑起来。李纨道:“商量正经的罢。首饰交给他,为的是他们三个姑娘可以帮着穿穿珠子,钉钉匣子。收拾屋子、派人交给你,因为外头的事是你们爷经手,所以就是传人叫匠役都便当些儿。”宝钗向李纨笑道:“省事的分给自己,费事的分给别人,这才公道呢。”李纨说:“谁教我老姐姐呢,好妹妹我这两天又犯了水饮的病了,难道你不疼我吗?”宝钗道:“这么说,就是了。”平儿说:“收拾屋子、派人,还不知三爷有多少怨言呢!”李纨说:“那也管不了许多。”

正说着,王夫人处小丫头跑来说:“史姑奶奶来了。”三人忙着过来,见湘云正和王夫人啼哭呢。看他那一身的素服,甚实可怜,不免又大家执手伤感了一番。湘云要到贾母遗念前行礼,李纨、宝钗陪了过来。湘云拈了香,磕了头,站起来,想老太太在日疼他光景,不由的放声痛哭起来。旁边的人,也都滴下泪来劝着。

湘云回到上房坐下。湘云道:“我早就要来,因这里连连的喜事,我的服色不便，所以直到这会才来。我怪想你们的，你们又都不去。就是薛大嫂子倒瞧了我两趟，我还要请姨妈的安，回他的拜去呢。”薛姨妈笑道：“你倒不必那么多心，孩子嫩，先别各处去。等秋凉了，还要接你去住些日子呢。”李纨问：“你们妞儿呢？”湘云未及回言，玉钏说：“在屋里吃奶呢。”李纨、宝钗、平儿都到里间屋看孩子去。

只见翠缕问玉钏儿：“宝二爷还在东院住吗？我瞧瞧他们去。”湘云说：“你先替我问好罢，回来我还过去呢。”王夫人说：“你就势儿把他们三个人都叫来，开了脸，姑奶奶还没瞧见呢。”湘云道：“不但他们，连宝二哥哥回来还没瞧见呢。”王夫人便叫人去叫宝玉、贾环、贾兰，又向湘云说道：“因为他说话不防头，你如今居孀，比不得小的时候，所以我没教他去瞧你。”

正说着，见袭人、麝月、莺儿同了翠缕进来，都请了安，问了好。湘云见他三人开了脸，更觉俏丽。又见宝玉叔侄三人进来相见。宝玉道：“大妹妹多咱来的？”湘云尚未答言，人回：“三姑奶奶来了。”众人迎了出去，只见探春扶着侍书，后边跟着一群仆妇、丫环，大家厮见。探春又给平儿道喜，平儿又道谢。进房来给薛、李二位、王夫人都请了安，坐下。湘云道：“怎么这么巧，我也是才来。”探春说：“小妞儿呢？”见袭人从里间抱了出来说：“给姨儿请安罢！”探春接来抱在怀里细细端详，又看湘云，回头又看宝钗。湘云问道：“你看什么呢？”探春笑道：“你们这孩子一点儿也不像你，倒和宝姐姐一个模样儿，连耳朵上的朱砂痦子都一样！”王夫人问宝钗：“你的痦子我还没瞧见呢。”宝钗说：“也怪，他瞧见我就笑。”探春笑道：“云妹妹就把妞儿认给宝姐姐作干女儿罢。”平儿道：“这才好呢。以后就管着他们叫干爹、干娘了。”玉钏说：“我们琏二奶奶这两天乐的连话都说不清了，到底谁叫干爹、干娘啊。”此时人多话乱，宝玉并未听见玉钏对平儿的话，他只听见认干娘的话，便连连说道：“不敢当，不敢当。”招的众人哄堂大笑。李纨慢慢的说道：“那自然是不敢当的，这可有什么可笑呢。”众人一听这话，更都笑起来。这里平儿才悟过来，是说他。宝玉三人笑着跑了出去。

王夫人问探春：“你昨日怎么不来？”探春道：“偏偏是我们姑太太

的六十大庆，一家子都去了。"李婶娘说："姑奶奶又听好戏来着，就是那家么？"探春说："就是他们家，又添了好些行头呢。"

说说笑笑已到晚饭时候，大家吃过了饭，王夫人说："二位姑奶奶就同二位亲家太太在蘅芜院住罢。"李婶娘说："我今日还要回去呢。"王夫人说："忙什么？索性二十六看了过礼再走，娶的时候我还请陪新亲呢。"薛姨妈道："家里没事，住着罢。等二十七咱们姐儿俩一块儿回家。"说着带了丫头先过大观园去了。

这里探春、湘云等着见过了贾政，顺路先到宝钗处。进了院门，见宝玉抱着芝哥站在栏杆前看牡丹。湘云不由得一阵伤心，连忙忍住。宝玉见他们进来，嚷道："接过孩子去，有客来了。"探春笑道："更能干了，练的会抱孩子了。"宝玉笑道："这就是如抱赤子了。"李纨走过来说："给我罢，让你好讲书。"说着，抱了芝哥说："芝小子给姑姑们请安罢！"湘云、探春引着他玩。宝钗说："请屋里坐！"于是都进房来坐下。

袭人等倒了茶，又让妞儿妈去喝茶。宝玉问湘云："你们妞儿的名字叫什么？"湘云道："叫掌珠。"探春问："谁取的？"湘云说："我们太太取的。"宝玉道："那孩子真也配这两个字。"又问："三妹妹送的麒麟带着没有？"湘云道："实在是件宝贝，等明日午正放在水里看，他那光彩真令人神摇目眩。就是难带，要烦莺姑娘打个络子，不知什么的好看？"宝钗道："看了东西再配颜色。"众人说了会闲话，各自归寝。

次日，湘云到各处去看望。又是自王夫人起都请湘云吃饭，又是贾环过礼，热闹了几天。不觉已到四月初十，正值宝玉的生日。这天大家商量在红香圃摆酒，平儿说："趁着史姑奶奶在这里，快把那石凳打扫出来，铺上褥子，再坐席。"湘云笑道："怎么你这么好记性儿呢？"正然说笑，只见王夫人扶了玉钏，薛姨妈扶了同喜，尤氏跟在后边，慢慢行来。这里众人迎了过来，王夫人向宝钗道："都在这里坐吗？"宝钗说："等太太的示下呢！"王夫人道："我们在这里，你们又不方便，莫若我同你母亲在小花厅罢。有两个女先儿，我教人安置他们在那里等呢，先过来看看芍药。"说着都坐下喝茶。薛姨妈笑向宝玉道："你琴妹妹也是今日，打发大媳妇去了。二媳妇也是今日。"王夫人指着平儿向薛姨妈道:“他也是今日。”平儿说:“姨太太知道,昨日就赏过吃食了;进太太的那八宝小猪儿、口蘑馅的寿桃就是。”王夫人笑道:“小猪儿稀嫩的,看着怪不忍的吃他。”尤氏笑道:“都像太太这个慈心,铺子里可卖给谁呢?”李纨说:“都像你那馋嘴呢,见什么吃什么!”尤氏说:“要不是当着二位老太太,我就撕你那嘴。怎么凤丫头死了,那坏鬼又附上你了!”说的都大笑起来。王夫人说:“你们也该坐席了,我们也要喝去了,都不用送。”说着老姊妹俩站起身来,走到栏边看了回芍药,自去吃酒、听书去了。

这里众人站在蜂腰桥看着去远,才慢慢回来。中间一席是湘云、探春、惜春、尤氏、李纨、宝玉,东边一席是宝钗、平儿、巧姐。宝钗叫小丫头去回太太,就说史姑奶奶、三姑奶奶替玉钏姐姐告一天假,小丫头答应着跑去。尤氏向宝钗说:“把你们那三位美人也放出来见见天日。”宝钗道:“还用放,早就跑出来了。”尤氏说:“我怎么没见他们?”湘云说:“那不是!”只见东边木香棚下,花红柳绿围着一群人。尤氏说:“都瞧什么呢?”巧姐说:“看着莺儿姐姐劈了细柳丝儿穿木香花蓝呢,我也是才过来的。”

远远只见玉钏同小丫头走来,笑嘻嘻的说:“那位给我告假呀?”湘云指指自己的鼻子。玉钏说:“多谢,多谢。”宝玉说:“东边坐。”李纨说:“你把他们也叫了来罢。”宝玉笑着跑去,就同袭人等过来。手里提着个木香花穿的篮子,里面插着些藤萝、刺蘼、翠蝴蝶、月季、玫瑰,中间是一大朵红牡丹,还有头发丝儿拴着两个蝴蝶儿,在花上盘旋飞舞。众人齐赞莺姑娘手巧。宝玉叫麝月挂在背阴里,怕菜味儿薰了。

这里宝钗叫玉钏、袭人、麝月坐在自己席上,西边一席是翠缕、侍书、莺儿、丰儿。宝钗便问:“紫鹃怎么没来?”惜春说:“他头疼呢!”平儿说:“那一桌才四位呀,再凑两位才好。”宝玉笑道:“又不是我请善会,何必定要六位一桌呢。”说的众人都笑了。宝钗说:“偏偏的紫鹃又病了。彩云比不得跟太太的时候,如今在三爷房里倒不便让他过来。”李纨道:“就把那桌上的菜拿几样给他们,也是一样。”宝钗说:“周姨奶奶四样,三爷和兰阿哥一桌,早就送去了。再拿四样,每人一盘一碗就得了。”婆子们答应，送菜去了。探春说：“二哥哥不到太太那边斟斟酒去么？”宝玉刚站起身来，玉钏回过头来说：“我还忘了呢，二位太太说千万不教你过去，说恭敬不如从命。”宝玉听了，便坐下，说：“今日行个令才好。”尤氏说：“要行令，可别算我。”李纨说：“你放心，咱们行雅俗共赏的击鼓传花。”

宝玉连忙跑到阶下，折了一朵紫袍金带芍药，刚归了坐，见一个小丫头笑嘻嘻的跑着嚷道：“兰阿哥中了四十六。”众人问：“听见谁说？”丫头说：“琏二爷告诉太太的。”李纨心中十分欢喜，因宝玉没报，不好露出来，便说：“明日看了榜才是准呢。”众人刚要过去打听，只见贾兰跑进来，也顾不得请安问好，便说：“叔叔是第十六，我是第二十八。”宝玉问：“才那信是那里来的？”贾兰说：“那是他们师爷们在城外看错了。这是报喜的，有报条不能错的。”宝玉问：“熟人还有谁？”贾兰说：“我不晓得。”贾兰见过众人，尤氏拍着他的肩头说：“好小子，这才可疼呢。”说着把自己一杯酒给他喝了，又让他吃。贾兰说：“在外头吃饭了。”抓了一把瓜子儿先就去了。这里众人出席，到王夫人这边来道喜。宝玉自去见贾赦、贾政不提。这里晚饭后都到王夫人上房闲话一回，各去安歇。

次日天明，宝玉尚未起来，小丫头拿着《题名录》说：“焙茗说：‘给二爷瞧的。’”宝玉接来，披着衣裳到廊下去细看，隔着窗户说：“你快起来罢，都中了。”宝钗说：“既是《题名录》，自然是都中了，还用你说吗？”宝玉道：“我说的是熟人哪，第一名会元就是你们二姑爷。还有云妹妹的兄弟，史老二中了第五十一。甄世兄是六十三。冯紫英的侄儿，小冯老三中在六十七。还有程师爷的叔叔，中在一百零八。”宝钗问道：“四十六的那个到底叫什么？”宝玉细看了看，笑道：“也叫贾兰，是山东人。所以他们认作兰哥了。”宝钗问：“三姑爷没中么？”宝玉细细找了找，说：“了不得，他中的还高呢，是第九。”说罢，进房。梳洗毕，先到王夫人上房请安，又说众亲友得中，大家听了无不欢喜。

又忙着殿试，梅公子又中了探花，用了翰林院编修。周姑爷、宝玉、贾兰、史公子都是翰林院庶吉士。甄宝玉、冯公子以部书属用，那程老叔用了榜下知县。各家互相庆贺。偏偏环哥的吉期也是这几天。到了是日，把蔡小姐娶了过来，果然是才貌双全，更兼善能窥测逢迎，所以甚得王夫人的欢心，众姊妹也都爱他活动。

这日，湘云、宝琴、李绮、香菱、邢岫烟连本家的探春、惜春、李纨、宝钗、蔡如玉、巧姐共十一人，都在新房坐着说笑。探春说："咱们共是十一个人，足够起诗社的。"宝琴问："你打算怎么起法?"探春笑道："依我也不用照从前菊花、海棠那些题目。"湘云说："又是什么新号令?"探春道："我要起个群芳社，咱们再凑一个人，用十二个月应时的花卉写了阄儿，按着岁数儿先拈，谁拈着那一样……"李纨问："自然也有个体式呀。"探春说："你听啊，先拈了题目，再拈或诗或词或赋或歌，抓着那体就作那体。"众人都说："有趣！就是那一个人请谁好呢?"宝钗道："偏偏纹妹妹又到广西作知县太太去了，想想还有谁呢?"巧姐道："我可不会作诗。"探春说："再把你除了，那不又短两个人了么!"湘云道："亏了今年没闰月，不然还短三位呢！我看这光景要闹的'民之作事，每于几成而败之'。"惜春说："不怕，我出个主意。"

不知四姑娘有何高见，且听下回分解。

第十一回　靖边疆荣公拜相
置别墅赦老隐居

话说探春向惜春问道："你有什么主意?"惜春说："巧侄女儿既说不会作诗,也别难他。莫若把我们大嫂子和琏二嫂子添上。"香菱问："他们二位会吗?"惜春道："原不会的,不过足数儿。就把他们抓的花名,教宝哥哥和兰侄儿替作。你们众位想使得使不得?"众人说："那也好,咱们也不用管谁找枪手,谁替作,只要足咱们的数儿。"邢岫烟笑道："我们如何作的过翰林先生们?"湘云冷笑道："那位兰太史的大作,没多见过,若论宝老先生,是领过大教的。在这群芳社里只怕又是倒数打头呢。"说的众人都笑起来。宝钗笑道："咬着个舌子,专爱克薄人!"探春说："不好了,二嫂子急了,云妹妹快赔不是罢!"湘云走过来拉着宝钗的手说："好姐姐,别生气,宝哥哥的诗也好,文章也好,字也好。不但我说好,自天子以至于庶人都说好,不然怎么点翰林呢。"招的众人哄堂大笑。宝钗推着湘云说："讨人嫌的,贫嘴!"

忽听窗外一人笑道："什么事?乐的这么着!"众人一看,见尤氏扶着个小丫头进来。众人起身让坐,蔡如玉递了一袋烟。巧姐问道："大娘打那儿来?"尤氏说："太太那边。"巧姐问："我妈妈呢?"尤氏说："和太太说话呢。"又问众人："你们乐什么呢?"李纨便将刚才的话说了一遍。尤氏问："几时起诗社?是净作诗啊,还有酒吃没有?"探春说："我既邀请众位,自然要备个东道的,起社的日子也得择择。"李纨道："索性等环三妹妹住了对月回来,再定罢。"

正议论起诗社，见小丫头说："太太请姑奶奶、奶奶们瞧图儿去呢。"探春问："什么图儿？"丫头说："我不知道。"

尤氏道："我才来的时候，遇见琏二爷、宝二爷、环三爷、蓉哥、兰哥都在槐树底下站着。琏兄弟手里拿着个白摺子似的，想来就是那个了。"说着都到上房，见王夫人正和他兄弟、叔侄们说话。见他姊妹们进来都问了好，王夫人笑道："你们看看这个！"贾琏说："四妹妹是讲究画的，再替布置布置。"

王夫人叫玉钏儿把那纸铺在八仙桌上，姊妹们围着细看。

探春问王夫人："这是作什么的？"王夫人说："话多着呢，问你琏二哥哥罢。"贾琏说："这是冯紫英说的那园子，如今大老爷留下了，教我瞧着收拾。我可懂得什么呢？就托如意馆的陈先生画了这样子，求妹妹们替我点缀点缀。"探春笑道："我先不管。好了，你去请功；不好了，你挨了骂抱怨我。"

只见宝琴说："虽是个图儿，画的颇有书卷气，倒可以裱了挂挂。"湘云说："这河里的水是从那里流过来的？"李纨道："真个怎么寻不着来源呢？"宝钗细看了看，笑道："这不是原来从稻田里隐着极细的一股水？"湘云说："我说呢，只见去的闸口，不见有来源。你看这山上的敞厅正对前面的柳林，实在敞亮。"王夫人道："我只爱那菜圃里的那儿间草房，活像咱们那《桃源图》上的那样儿。"

探春问："多少钱买的？"贾琏说："三千五百银。"又向李绮道："听见冯紫英说，甄老伯问过这园子，妹妹自然知道。"李绮说："听见说来，后来不知为什么没买成功。"尤氏说："别是有什么原故罢？"贾蓉笑道："什么原故，就为那里管家们要使的多，所以才散了。"王夫人道："三姑娘回家，这个话可别说呀！"李绮笑着答应了。

李纨问："这园子在什么地方？"宝玉说："在西城外偏南，地名叫万柳庄。离城十八里，原是前朝驸马的园子，尽后头就是那公主的妆楼。"又指着上面说："这个屋子最有趣，看着是两间，却是三间。可惜不能画出屋里的样儿来。这里头套着是一间，过去是四间，就是这临水的成个葫芦式，那门上嵌着块石匾，是'自然'二字。"香菱说："这不是两间吗?”宝玉说:“见方的四间,当日的工程实在好的很,看不出是怎么盖的。正中间是个汉白玉连座子的大盆,刻着极细的花卉,里头刻的是‘洗头盆’三个篆字。老爷说,仿佛汉唐的东西。”

王夫人说:“公主的园子才这么几间房子。”贾琏说:“当初原多,都坍塌了。何太监置过来就是这些。如今围墙外头还有好些房子迹址呢。”贾兰说:“明儿把撂着的那些石头都搬进去,够堆一大块山子的。”宝玉说:“大老爷说,要求东平郡王写匾呢。”湘云问:“你们都看过了?”宝玉说:“去过两遍了。”贾琏笑说道:“等收拾得好了,还要请妹妹们呢。”

大家正然说笑,忽听东南隐隐雷声。王夫人向贾琏等说:“你们去罢。”贾琏、宝玉等答应退出。尤氏说:“看下起来,我要和太太、姑奶奶们告假了。”探春说:“你忙什么?”尤氏说:“媳妇就是这几天的。”王夫人说:“叫人看车罢,你趁着没下,就过去罢。”尤氏答应,又向众人告辞。

李纨、宝钗、平儿、蔡如玉送了回来,香菱向宝琴、岫烟说道:“你们二位还住几天?我要回去了。”王夫人说:“你可忙什么呢?”香菱笑道:“来了一天了,家里就剩我们老太太和妞儿了。”宝钗问道:“他们哥俩呢?”香菱说:“过了节就往通州接货去了。”正说着,就翻云掣电下了一阵暴雨。平儿笑道:“这可是雨留人了。”王夫人说:“既是家里没人,早些吃了饭走。这暴雨下的也不能长。”于是大家吃饭。此时雨已住了,东边现出虹霓来,宝钗便叫人出去看车。

只见玉钏儿拿着个洋漆玲珑小捧盒说:“大奶奶把这个给姨太太带了去。”王夫人问:“什么?”玉钏说:“茉莉花!”王夫人说:“姨太太家还短这个?”玉钏说:“听见说那里的开过了,咱们的也开过了,这是外头交进来的五千朵,给太太留了二千朵。”王夫人说:“索性都拿去吧。等姨太太薰得了茶叶咱们寻着喝,岂不省了咱们的茶叶了。”说的大家都笑了。李纨说:“你把那几朵栀子和那几枝珠兰都剪下来罢,再拿个小盒子来一并带去。”一时盒子装好,香菱辞了众人,探春向香菱说道:“下月初二日头一社,不许少一个人。如有推故不到的,罚他一个人作十二首。”香菱笑道：“我是必来的。”

众人送了回来，见过王夫人。探春向宝钗道：“我到你们家去。”又对湘云等说：“咱们找二哥哥去。”如玉听见这话，不便同去，便站住看着他们过了穿堂，自己回房去了不提。

且说探春众人走到东跨所的角门，宝钗见探春竟往大观园去。宝钗说：“你不是到我那边去吗？”探春说：“这早晚儿作什么去？我那么说，为的是他就不好同来了。”李纨问：“这又是什么意思呢？”探春说：“我没那么大造化，他哄的我实在难受，莫若咱们走开，让他一个人哄太太罢。”宝钗说：“你别说，太太真喜欢，总说他和太太亲热。”李纨说：“这么着才好，省的老人家闷的慌。”一路说说笑笑，早进了园门。

远远望见沁芳闸边一群人，不知在那里作什么。湘云说：“咱们去看看是谁？”于是大家走来一看，见是宝玉、贾兰带着焙茗、锄药、扫红，还有跟贾兰的歪毛儿、鹿顶儿在那里下了闸板，截住水，弄了些水老鼠在那里放。见他姐妹们来了，众小厮垂手侍立。宝玉说：“快来看罢。”探春说：“我们不如站在桥上倒好看。”湘云指着小小厮，问道：“这孩子是跟谁的？”贾兰说：“跟我的。”湘云又问：“你几岁了？叫什么名字？”小厮回道：“奴才十岁了，叫鹿顶儿。”岫烟、宝琴都笑道：“好新奇名字？”李纨笑着说道：“你们不知道，他妈就是兰哥儿的嬷嬷。那年跟着兰儿在园子里玩，被鹿撞了一跤，回去就养了他，所以就叫鹿顶儿。”众人听了都笑起来。

只见远远跑了两个人来，走近了见是贾环带着常寿儿，提着一大筐水老鼠、水起花、水鸭子等类。贾环说：“姐姐们，瞧这水鸭子放起来最有趣儿。”湘云问：“那里买的这些？”贾环说：“不是买的，是常寿儿他丈人作的，年年家里放的烟火，连送人的，都是他作。前日琏二哥哥教他作了好些，拿到新园子里放去。”李纨说：“你们告诉他，作的时候小心些儿。”贾环说：“不怕，他在那边花洞子里头他窨子里作。”

说罢，叔侄三人带着人就放将起来。正看的高兴，见水面上紫金蛇乱掣。宝钗抬头一看，说：“不好了，西北上又上来了。”众人一见，层层黑云翻墨，涌了上来。此时天色已近黄昏，因王夫人说过天气热，晚上都不用上去，所以都各自回房。

正走着，迎头见侍书、翠缕二人，拉着手儿说说笑笑走来。翠缕说："叫我们好找，想不到在这里。"

忽然一阵微风吹过几点雨来，恰巧正走到蘅芜苑的门口。进了院门，只闻得一阵阵香气，李绮问："这是什么花香？"宝钗说："不是花香，这些草经了雨就是这样香气。"于是众人走上台阶，都在抱厦底下坐了纳凉。那雨已是下起来了，只见麝月打着伞，小丫头提着个小包袱，一个玻璃小提灯。湘云说："包袱、雨伞都有了，还短你们奶奶的油靴。"麝月指着包袱说："这不是。"众人只当是玩话，打开一看，原来是宝钗的一双旧鞋，众人都笑起来。宝钗笑着骂麝月："不是个人。"探春说："必是袭姑娘的主意，怕你糟塌了鞋，又得他们做。"麝月说："不是。"宝钗说："我知道又是莺儿献殷勤，自己怕挨骂，支使了你来。"麝月笑道："都没猜着，是二爷着我来接奶奶，说地下泞的很，请奶奶早些过去罢。"众姐妹一齐大笑，宝钗红了脸，啐了麝月一口。

探春说："你们众位也该散了，好让我们关门听雨。"李纨说："索性传园门上的老婆子们，用竹椅子送你们各归洞府。"宝钗说："栊翠庵路远，先把四妹妹送去。回来再送绮妹妹和你。我不用椅子，倒是步行妥当。"探春笑道："怪不的，我哥哥知道你的脾气，赶着就送了鞋来。"说着大家又笑起来。此时雨已住了，各自回房安寝。

次日早晨，都到王夫人处来请安，将吃了饭，见贾兰拿着个帖儿进来说："爷爷派了出差了。"王夫人众人都吃了一惊，王夫人便问："什么差使？往那里去？"贾兰便将上谕递与王夫人，见上面写着"谕旨。此案着派吏部尚书贾政、都统周琼驰驿前往，务期弋获，毋使一名漏网。随带司员着一并驰驿。钦此。"王夫人看完，递与探春，又问："到底是往那里去，查办什么事情？"正问着，人说："老爷回来了！"王夫人迎着就问："派了什么差了？"贾大人说："昨日西北上来了个五百里的报，是拒捕夺犯，还伤了一员官，把县城都围了，看起来事情不小。才召见时，我也奏明和周某人是儿女姻亲。皇上说：'这也无所回避，你们两个人倒可以商量着办。'又问：'几时起身？'我奏的是初二日起身。又说：‘五天的光景，来的及吗？’我奏对的是这个事情要紧。上头很喜欢，就把手上带的扳指赏了。”说着就摘下来与王夫人和众人看。原来是羊脂玉的，镌着“得其环中”四个小小隶书。王夫人说：“难得这么合适。”又问：“这来回得多少日子呢？”贾政道：“竟走路就得四个多月，还不知那里的实事是怎么样呢？只怕到家总得年底罢。”又对探春说：“你公公派了差，你也得早些回去，虽然不是兵差，也是好几个月的事情，不定还要打仗呢。”说完，自己出去点派几位老练精明的司员；又教贾琏拣那靠的住的家人，派了几个；又整顿弓矢、腰刀等类。

这里王夫人带着周姨娘、玉钏打点行李衣服。李纨派人伺候车马，送探春回家。湘云拉着探春悄悄说道：“这头一社的日子就碰巧了。”探春说：“只好再说罢。”于是众人送了探春。回来，王夫人说：“我昨日作了个梦，很怪。可可儿的今日就派了钦差。”众人见王夫人满面忧容，也不敢细问。

不知不觉到了六月初一，贾、周二位大人请下训来，贾府的子侄都来送行。贾大人都嘱咐了一番，又向宝玉道：“你们都不用远送，就教琏哥送一站就是了。你和兰儿在家好好用功，练练字，明年还考散馆呢。”他叔侄二人垂手遵命。到了次日黎明，贾大人到祠堂拜辞了祖先，又到贾母遗念前行了礼，便上马长行。宝玉等送到郊外方回。

这荣国府自贾大人起身之后，接连着探春小产，贾芝、贾苓出天花，李绮的婆婆甄太太去世，就把王夫人婆媳忙了个昼夜不歇。渐渐天又冷了，又惦着贾大人年老出征，谁还起的上诗社来？所以竟把这件事也就搁下了。

忙忙乱乱，到了十一月二十四。贾、周二位钦差到京复了命。天颜甚喜，下了一道褒奖的旨意说：难为这文武两个老臣，办理甚善。真是兵不血刃，并未耗费国帑。就各赐了御宴一桌，又各赏假一个月，在家休息。贾政对王夫人笑道：“若问心，真真对不住皇上。只好也得本着他们的奏折说几句，不然又是事情。”王夫人问道：“到底是怎么件事？”贾政道：“原是拿了个偷马贼解省，半路上出来几个人，并未劫去。那知县就出票拿贼，众衙役奉了这个差，就到各乡村搜寻。吓的那些老婆孩子都奔了城来，知县见人多，吓的就把城门关了。不知怎么，死了个外委，就报拒捕伤官。无非是小题大作，地方官想要邀恩的意思。不想就派了钦差，只好审明白了，把那糊涂知县革了，拿了几个贼就算完结了。真是天高皇帝远！”王夫人笑道：“为这么件事，跑了这么远道儿，可见官事没准儿了。”

贾大人在家休息，就有亲友来探望。到了假满，出去请安。此时已到年底，张罗过年的事。到了元旦，这日降下一道恩旨：因办理边疆有功，吏部尚书贾政拜了东阁大学士，都统周琼授了御前大将军。这二位大人谢了恩。就有许多亲友来贺喜，真是六亲同运，锦上添花。那大老爷的园子业经收拾妥当，为的是今年好办七十岁。不知怎样庆寿，且听下回分解。

第十二回　诸闺秀花径游春
众纨绔柳阴试马

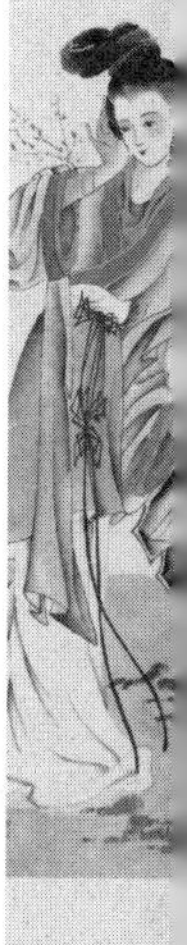

话说贾相国自入阁之后，真是兢兢业业，调和鼎鼐，燮理阴阳，无人不感激。这年新正，恰值中宫诞生皇子，万岁爷在阳春殿召见贾中堂，又题起元妃在日何等贤淑，至今想起来还是伤心。这贾中堂便含泪叩头，劝解了一番。又问贾中堂现有几子，有无差使？贾政奏道：“臣长子贾珠少年亡故，长孙贾兰蒙皇上天恩，是翰林院庶吉士，次子贾宝玉……”刚说到这句，皇帝就问，说：“我记得他不是中举之后还丢过一回吗？如今有什么差使？”贾政碰头奏道：“皇上天恩，不弃驽骀，也是庶吉士。”又问：“你还有几个儿子？”贾政又奏道：“还有第三子贾环，尚未当差。”又问：“今年多大了？”回奏：“今年十九岁。”又问：“贾赦还在不在？多大年纪？如今在家作些什么？”贾政奏道：“臣胞兄贾赦现年七十岁，自蒙恩赦回，颇知悛改。家居无事，教教子侄们骑射。”皇帝又说了几件官事，便说：“你出去传给枢密院，贾环赏给五品龙禁尉之职。贾赦赏给三品的半俸，以养余年。”贾政当面碰头谢恩，出来传了旨意。

回到家中，对王夫人细细说了一遍，一家人无不欢喜。自己又到贾赦那边告述，只见贾琏捧了旨意进来，将此事回明，又对贾政道：“叔叔明日带了三兄弟进去谢恩，我父亲还是叔叔代奏哇？还是自己进去呢？”贾政道：“我今日奏的在家教你们射箭，皇上很喜欢，还说身子健壮，自然是亲身谢恩的是。你就教他们办了折子来我看。”贾琏答应着去了。

这里王夫人带着李纨、宝钗、平儿、如玉过来道喜，邢夫人接了进去款待。

又见奶子们抱了芝哥、苓哥进来，给爷爷请安。贾赦接过来一边抱着一个，对贾政说："这才是人生第一乐事呢。"说着嬷嬷们接了过去。贾赦说："这怎么好呢？给你们点什么呢？"就叫小跟班的双寿，"把我前日得的那小羊儿，一个人给一只。"此时贾兰正站在旁边，笑着说："爷爷，那羊是三只！"贾赦道："三只怎么？难道这么大小子还玩羊吗？"贾兰笑道："赏三个孙子，岂不是三阳开泰？"说的老弟兄两个都笑起来。贾赦说："拉了去罢，不许和兄弟们打架。"

正说笑着，见贾珍带着贾蓉进来道喜。贾珍又给贾赦、贾政磕头，说："早膳后，旨意侄儿放了京营总兵。"贾政道："昨日问你来说着，说去年你的马箭射的很好，今日却没提起。"又对贾蓉说："你三叔有什么不知道的差使，还要你照应些。"贾蓉笑道："爷爷怎么这么说呢？"贾政道："这倒不是我谦逊，皆因你当了这些年了，诸事自然熟悉，总别教他外头得罪人。"贾蓉答应了几个"是"，随着贾珍进内给邢、王二位夫人磕头道喜去了。

这里贾赦对贾政道："前日琏儿回那园子收拾得了，我就二月里挑个好日子搬了去。你嫂子向来不管事，就不用去了。"贾政沉吟了一回说："依我说大太太还是同去的是，不管事也是由来久矣了，然而老夫妻两下里，到底不相宜。"贾赦笑道："我知道你的意思，皆因他们都年轻，怕照应不到，哥哥当了老王八。"说的众人都忍着笑。贾中堂站起身来说："明日谢恩得早些进去。"说着带了宝玉、贾环，贾珍父子也就随了出来。贾赦送出二门，回去。

贾政对贾珍道："你看大老爷的话，教人怎么搭茬儿呢！"贾珍笑道："想来又是醉了！"一路说着到了书房，早有众门客迎了出来。这贾中堂看了折子，次日兄弟、父子、叔侄一同谢恩。回来，贾赦、贾珍、贾环到祠堂磕头，又到贾母遗念前磕了头。彼此两府互相庆贺，又有众亲友家贺喜，不必细叙。

到了二月初四，是个移徙的日子。贾赦信了兄弟的良言，同了邢夫人并五位姨娘搬到万柳庄去。一路上香车宝马，惹的那乡间人携男抱女站在路旁观看。有知道的，就说："这是贾中堂的哥哥，买了何老公的园子，今日搬家。"又有些人说："怎么去年冬里就搬了好几天，俩三月还没搬完？"这些观看之人纷纷议论。早到了万柳庄的村口，这村中无非五六十户人家，也有两个小铺子。出了西村口，远远望见无边无沿的淡黄新柳，那树林里露着一带粉墙。临近了，见两岸柳树中间是一道小溪。到了石桥边，贾赦吩咐换马。家人伺候老爷下车上马，众人围随。过了桥，是一条虎皮石砌的车道，通着向东的一座大门，门上嵌着汉白玉的横匾，上边刻着是东平郡王八分书写的"隐园"两个大蓝字，顶上是鲜红的一方东平郡王之宝。进了门，两边都是土山，上面许多树林，此时新芽未吐，也认不出是何果木。从山豁里望见西南上一片大水。此时早有家人飞马报信，所以刚过山口，就有贾珍、贾琏、宝玉、贾环带领贾蓉、贾兰迎过板桥，在贾赦马前请安，又到邢夫人车边请了安，便张罗大老爷去了。贾琏向邢夫人道："给太太预备下小轿，请换上轿，还有好多的路呢。"就有跟车上的仆妇、丫环搀扶下车上轿。四个小厮抬起，贾兰随在后边缓缓而行。那宝玉飞也似的跑着嚷道："这边不好走，姨娘们的车顺着车道绕到北边，过了草桥在后角门下车罢！"众下人都笑他多事，岂知是他天生的性情，这也不要管他。

且说贾赦骑马过了这三折的红板桥，便是朝东的一座抱厦，门上面横楣是"紫气东来"四个字，两边一副对联是：

对面青山瓜豆篱边寻活计，

绕门流水芰荷香里寄生涯。

进了门，是一条石子甬路，南面一带画廊，西边是个月洞门，便是通花园的路，北边是垂花门，到了门前住了轿马。里面五间大过厅，装修陈设不必细说。贾赦扶了贾兰往西院去了。这里贾琏、宝玉搀着邢夫人下轿，进了门，见平儿领着巧姐迎着请安。邢夫人见迎面高高的五间大正房，两边东西厢房，四周都是走廊，从钻山门望去，两边都有耳房。邢夫人向宝玉道："这倒像你那院子的样儿。"宝玉答应："是！"

贾琏指着西厢房说："这几天他们娘儿们就在这屋里住。"说着进入上房，中间是八扇玻璃落地明的隔扇，西两间是敞的，东次间是坐落，东里间便是大太太的寝室，设摆的朱围翠绕。邢夫人便问平儿："我的东西呢？"平儿回道："太太的箱子都在后西间，后东间是跟太太的姑娘们住，为的是叫着近便些。"邢夫人道："这是两卷吗？怪不的那嵌扇里头煥黑的。"平儿说道："为搁箱子，都安了闸板。"此时邢夫人归了坐，平儿捧过茶来。邢夫人问："他们呢？"平儿说："老爷吩咐姨奶奶们都在楼上住，自己住在楼下。"邢夫人点点头，便向贾琏、宝玉说道："你们歇歇去罢！"贾琏说："太太用了点心，过西院逛逛。"邢夫人道："索性等消停了，请了二太太和姑娘、奶奶们来，大家逛着热闹。"贾琏、宝玉答应着退出。只听后院一片笑语，原来是嫣红、紫云、金铃儿、玉铃儿、延寿五位姨娘进来。嫣红笑道："太太不上楼上瞧瞧去，花园子比大观园还好呢。看那西山不知有多远呢！"邢夫人说："自然好，这是真山真水。"平儿道："又搭着昨日那儿点雨，更看的真。"玉铃儿说："什么好看，站在上头怪晕的。"紫云说："什么是眼晕？这么说着好在楼底下跟着老爷住。"说的邢夫人也笑了，说："真个我瞧瞧这后院子。"扶了延寿的肩头，转过隔扇，后厦两边都是板壁。邢夫人站在后门口一看，五间朱楼高插云汉，两边接连着都是游廊，靠西边一颗合抱不交的老树。便问平儿："这是什么树，这么大？"巧姐说："榆树，所以太太这屋子就是榆荫堂。"邢夫人说："你们都逛够了罢？"巧姐说："我跟着我父亲都逛到了，我妈妈替太太收拾屋子，没工夫。"

邢夫人问平儿："你们多咱进城？"平儿说："二爷说，过了老爷的好日子再回去。"邢夫人道："我也是这么说呢。"正说着，见贾珍、宝玉、贾环、贾蓉、贾兰进来见邢夫人，都要进城。邢夫人说："天晚了，看赶不进城去。"贾珍瞧了瞧表，申正二刻十分，说："不晚，侄儿是不敢在外头住。"

只见贾赦进来说："叫他们走罢，都是有差使的。"于是贾珍等告辞出去。走到院里，邢夫人说："宝玉告诉你们太太，来的时候千万请二位亲家太太、姑奶奶们，都是至亲，我就不下帖子了。"贾赦说："你们去罢，天不早了。"众人答应出去。

贾琏看着他们上了马，十几里路，一辔头就进了城门。同到荣府，见了贾政夫妇，说了些隐园的景致。贾珍父子在西府吃了晚饭，自回宁府不提。

却说贾赦虽是隐居，真应了古人说的那一句"富在深山有远亲"，每日送礼的络绎不绝。温居的未完，接着又是祝寿的。就是那些宗亲王位也都送了礼来，还要亲身来祝寿，都回了不敢当。贾赦这日在上房向邢夫人母子说道："我想，生日那两天，只怕客多。倒不如三月初三，请二太太和亲家太太们出城来逛逛。"又对贾琏道："如有送戏的，一概辞谢，就说园子里没地方。"邢夫人说："请他们索性住几天。"贾赦道："很使得，我挪到那葫芦屋子住去，你就和媳妇商量罢。"平儿巴不得众姊妹来热闹，等贾赦出去，他就和邢夫人商量铺排屋子。谁在那屋里，谁和谁同住。那些小姨娘听了，无不欢喜。

邢夫人道："二太太和亲家太太们就在这我屋里很可以，倒是初三不好请他。"平儿说："想是老爷忘了。"邢夫人道："初九是二爷的生日，莫若请初八来，大家热闹热闹。"便叫贾琏将此事回了老爷。贾赦笑道："我老糊涂了，我连你的生日都忘了。也不用下帖子，二太太生日你们两个自然是进城自处，都口请罢。"

这隐园主人忙了几天，已到三月初一。贾琏夫妻带着巧姐回家，与王夫人拜寿。阖家欢乐了几天，各处都请准。似此春光明媚的时节，谁不愿到郊外去游春散闷。

到了初七这日，都来荣国府会齐，更有各房的丫头如同告奋勇的一般，都要跟去。那知王夫人不许多带人，自己就带玉钏和小丫头增福儿，其余每位只许带一个人。薛姨妈带同喜，李婶娘的是秋香，众姊妹们各带丫头一个。惜春因拜斗的工课未完，托故不去。李绮有服，贾蓉妻胡氏患病，余者尽都愿去。

早将衣包、行李打点出来，又有送贾琏的寿礼。初八黑早就起来梳妆，都到王夫人上房吃点心。薛姨妈对李婶娘道："听见说路远的很，倒不如我们同车，一路上也好说说话儿。"李婶娘笑道："敢是好，我自进了京，从没出过城。”正说着，婆子回道：“都预备齐了。”于是大家动身。王夫人是一乘四人绿轿，薛、李二位同坐一辆蓝呢轿车。众姊妹们都是朱轮翠盖八宝香车，后面便是十数辆跟车。又有几辆拉行李的三套大车，竟把这条荣府大街塞满。一路上香尘滚滚，出了城门，竟奔万柳庄而来。

不一时，到了隐园。下了轿车进内，就有邢夫人婆媳带着巧姐并五位姨娘迎接，彼此请安问好，不必细说。到了上房，又请贾赦相见，贾赦道：“早些吃了饭，二妹妹让着二位亲家太太和姑娘们到各处逛逛。”王夫人答应着说：“请大老爷歇着罢，不用张罗，都不是外人。”薛、李二位齐说：“既到名园，自然都要瞻仰的。”又说了几句话，贾赦自到外边去了。

这里吃过饭，大家换了衣裳。平儿回道：“给四位老太太预备下小轿了。”薛姨妈道：“不用累人，我们走着逛罢。”平儿说：“太太们可走不来，连我们走着还使的慌呢。这程子大老爷很高兴，前几天就催着二爷拾掇屋子，摆陈设，说亲家太太们都是见过世面的，别叫人笑话。”李婶娘笑道：“还怕笑话呢！我今日出了城，连东南西北都辨不出来，惹的这老姐姐可笑我。”说着四位太太扶着丫头出了垂花门。贾琏、贾蓉、贾兰伺候上了小轿，贾琏说：“蓉哥跟太太们去，叫兰哥伺候姑奶奶们。”蓉、兰二人答应了“是”。贾蓉前面引路，后边跟着几个丫环、仆妇往西园去了。

这里众人花枝招展，袖带飘扬，出了垂花门，上了对面的画廊。进入里面，是临水的一溜十二间连房，前边是朱红栏干，里边尽是曲折。装修一色文竹的桌椅床凳，摆着些小巧陈设。走到尽西头，是座小小的抱厦，青山石砌的台阶，阶下一株空心老柳，那细丝直垂到水面，随波飘荡。树根上系着两只画舫。回头看这门上挂着块匾，是“爱莲精舍”四个字，两边一副对联，写着：

翠扇轻翻朝露净，红衣笑舞晚风斜。

顺着抱厦绕到后廊，是一片竹林。穿过竹林，迎面是峻赠崛岉的高山，隐着个洞门，门上刻着“云根”二字。众人随着贾兰进了洞门，是一条弯弯转转的山道，盘到上头，一片平坦。周围是玉石栏干，中间石子甬路，东边一棵虬枝老怪松树，下开着两棵红白的辛夷，西边尽是五色含苞牡丹。湘云说：“可惜早了几天。”探春道：“没什么可惜，左右你是个没事人，住到牡丹卸了再回去。”香菱猛一回头说：“你们往西南看罢！”于是众人一齐观看，见正西上一望无极，云端里隐着层峦叠巘的西山，正南上看不见别的景，倒尽是密密濛濛的烟柳。走上台阶，是四面出廊的五间敞厅。明柱上的对联是粉地绿字，写着：

万物静观皆自得，四时佳兴与人同。

宝钗道：“虽是两句旧诗，在这个地方实在的恰当。”抬头看那匾时，是“览胜轩”三个狂草。当地放张文石镶嵌的大罗汉床，围着十二扇大理石天然山水的屏风，两边八张花梨嵌石太师椅，四张茶几。尤氏道：“咱们歇歇罢！”大家坐下，又看东山墙上挂着蓝瑛画的“海屋添筹”大横披，条案上设摆着几件夏鼎、商彝，西面可墙的一块大玻璃，一张水晶镶的方桌，四张几凳。正看着，婆子们掇了茶来。宝钗擎杯叹道：“可惜这样胜境，两个人没看见！”说着眼圈儿一红。湘云道：“你说的自然是林姐姐和凤姐姐了。”地下婆子接言道：“昨日晚上我们奶奶想起头里奶奶，还伤了会子心呢。”众人听了，都觉伤感。尤氏说：“走罢，看太太们等急了。”说着就转过屏风。

后檐下开着几株海棠、梨、杏，往北一看，尽是稻田，篱笆围着几间草房。西北犄角上，一片雪白。贾兰指着说：“那就是葫芦屋子。”这里慢慢转下盘道，原来山后是片桃林，枝上开满了通红的桃花，底下都是娇黄的菜花。顺这羊肠细路出去，北边一座草亭，几块太湖石倚着几竿修竹。过了小桥，只听水响，迎面小小院落，绿竹花幛，门上镶着“小香雪林”四个楷书。院中别无杂树，种着二三十棵白丁香。三间小小的书斋，门窗之上尽是一色的蓝玻璃。房中是一明两暗，西间挂着香色软帘，门上贴着“寄盦”二字，便知是贾赦的卧室，不便进去。

贾兰过来开了迎面穿衣镜的消息，玉钏笑嘻嘻的迎了出来，说：“太太等急了，这会子才来。”尤氏道：“我们还打了个茶尖呢。”进了境门，窄窄的一间穿堂，望里一看，十分深杳。

见太太们都在东窗下坐着，当地放着个二尺多高、径过有三尺多大的石盆。李婶娘笑道："快看宝贝罢！"邢夫人说："真是宝贝，盛上水冬暖夏凉。"众人绕着细细的观玩，宝琴道："这样好东西，必该还有字。"湘云说："我们找找！"看了半天，探春说："这莲花瓣上刻着泰和三年七月制。"宝钗道："怪道这么好，原来是金章宗时的东西。"尤氏笑道："别说洗头，就是洗澡也够了。"说的众人都笑起来。又见西窗外黑压压的竹林，东窗外老树上缠着些朱藤，乱堆着几块假山，从石缝里泻下一股激湍。岫烟道："我说那里水声呢！"香菱问宝钗："不是有两个古字吗？怎么没看见！"宝钗道："我也没见。"平儿指着门上说："那不是！"果然有块小方石，刻着"自在"二字，并无款识。于是众人歇了一会，邢夫人说："只怕都饿了，咱们回去罢！"王夫人说："我们逛了这多半天，大老爷躲到那儿去了？"平儿说："东山后头添盖了四十多间，所有外书房、厨房、马圈、下人房都在那边。"王夫人说："我说怎么没奴才们的屋子呢。"说着出了小香雪林。

早有贾琏派人撑过船来，众人上船，望着那览胜轩，真似瑶台仙境。一路行来，从爱莲精舍下船回去不提。

到了次日，贾琏进城，各处行了礼，赶回园子。

到了十五，贾赦的生日。有许多亲友，又有本家子弟们都来拜寿。吃了面，约着在柳林中间那条坦平黄土道上去试马。为首的是贾珍，领着一班年轻公子，你赌我赛，十分高兴。偏偏的乐极生悲，把个贾芹掉下马来，跌了个半死，不敢着老爷们知道，悄悄抬了进去。众人甚觉扫兴，此时日已衔山，都告辞进城。不知贾芹性命如何，且听下回分解。

第十三回　说官司金氏求情　斗龙舟薛蟠送礼

话说贾琏看着小厮们将贾芹抬到自己书房，恰巧门客詹光也来拜寿，便留他帮着写写收礼的帐簿，所以住在这里。知道他通医道，叫他看了看脉。詹先生说："不怕，不过是一时血凝气闭。"将他四川带来的丸药，用黄酒化开，灌了下去，渐渐醒转过来。将养了几天，贾琏又资助了几两银子回家调理，不在话下。

且说那邢、王二位夫人并薛、李二位太太，因连日游玩劳乏，晚饭后略坐了一会，各自安歇去了。宝钗等众人，都在平儿房里闲谈。只见尤氏靠着巧姐的铺盖打盹，李纨向巧姐努嘴儿，巧姐走来拉着尤氏说："大娘别睡，咱们到楼上听五姨奶奶唱曲儿去。"尤氏合着眼说："好孩子让我闭闭眼儿，我不爱听那猫叫。"平儿道："他弹的琵琶很好，我新近才听见，走罢。"湘云道："听曲儿倒是小事，看看月亮倒有趣。"

说着都站起身来，从西夹道轻轻的绕到后院，望见楼上有灯光，下边静悄悄的。于是都慢慢的上了楼，见四个人围着八仙桌坐着，低声豁拳，并未听见他们上来。湘云说："好哇，也不张罗张罗我们，躲在屋里饮酒赏月！"四个人吓了一跳，站起身来让坐。嫣红说："怎么没听见姑奶奶们和奶奶们上来呢？"紫云说："不是我们不去伺候，我们也巴不得的大家热闹呢。皆因没太太的话，不敢过去。姑奶奶们可别恼。"湘云道："不叫我们恼，除非是请请我们。"平儿说："金姨奶奶和玉姨奶奶好好的唱个曲儿给他众位听，就不恼了。"金铃儿笑说道："看太太听见。"尤氏说:"不怕,有我呢。"李纨走过来看了看桌子上摆着几碟干果冷菜,四只酒杯,就问:"寿姑娘呢?"玉铃儿说:"不知躲在那儿睡去了。"嫣红道:"他对我说来,不知二太太多咱回去,找他妹子说说话儿。"宝琴问:"谁是他妹子?"李纨说:"你不知道? 他和增福儿都是我们吴管家的女儿。"香菱笑道:"怪不的一个模样儿。"

此时那一轮如冰似水的皓月正照楼窗,忽听东南上悠悠扬扬吹起笛来。香菱念道:"谁家玉笛暗飞声。"探春说:"真个这是那里吹笛?"巧姐道:"准是小东篱那边。"湘云问:"小东篱在那里?"巧姐说:"东山后头篱笆里都是菊花,三间草堂屋里有程师爷写的'五柳遗风',还有一副对子。我问我父亲,总没告诉我。"探春笑道:"什么是不告诉你,想是他不知道怎么讲,倒不如问问你二婶娘罢。"巧姐便问宝钗,宝钗笑道:"你说出来我们听听。"巧姐说:"上联是'检书凭郑婢',下联是'种树有郭驼',想来是两个故典。"李纨笑道:"怪不得不告诉你,本来就没人告诉过他么。"说的大家都笑起来。巧姐拉了宝钗说:"好婶娘告诉我罢。"宝钗说:"上句说的是汉朝的郑康成最讲学问,连他家的丫头都通文理。下句是唐朝柳子厚,他有个园丁姓郭,叫橐驼,善能栽接花果。所以他用的就是这两个典。"

尤氏说:"你们讲故典,我可要睡去了。"宝钗笑道:"不说了,不说了。"平儿说:"二位姨奶奶唱个曲儿罢!"于是金铃儿打洋琴,玉铃儿弹琵琶,金铃儿先唱了个《翠楼东》,玉铃儿便不肯唱。紫云说:"没人叫唱,自己瞎哼哼,有人要听了,你又该拿……"说到这里,看见巧姐,便说道:"不是姑娘在这儿,我有好话说你呢,永远脱不了那本壳。"原来金、玉二人本是天津有名的女档子出身,赦老爷用二千九百银买来,所以紫云看他不起,每以语言讥诮,故此二人深畏其锋。玉铃儿看了他一眼,说:"随你嚼罢。"便整顿歌喉唱了个《艳阳天》,众人无不称赞。

此时门窗俱开,放进月光来。正然欢笑,见增福、延寿二人拉着手儿上来,延寿说:"二太太说,天不早了,请姑奶奶、奶奶们歇着罢,明日要进城呢。"李纨看看钟打过丑初二刻,说:"真可不早了。"说罢,下楼各自安歇。

次日梳洗罢，都到邢夫人上房请安。吃了早饭告辞，都要回去。薛、李二位又向邢夫人道了谢，平儿、巧姐也都一同进城。婆子回道：“外头预备齐了。”王夫人又请了大老爷进来，彼此都说了些客套，才各自上了车轿，前呼后拥，回到荣府。见了贾相国，夸了回隐园的布置。至晚饭后，用车马送众人回家。

按下荣府。且说尤氏回到宁国府，贾蓉迎了进去，至二门外下车入内，就有胡氏领着众姬妾请安。到上房见了贾珍，说了几件官事，又说了些家务。胡氏回道：“前日璜大婶娘来给太太请安。”尤氏问：“有什么事么?”胡氏道：“脸上似乎有事，却没提什么。还问宝二婶娘来着，我说都往大太爷园子里去了。我留吃晚饭，也不肯。临走，说过两天还来呢。”尤氏道：“等他来了再说罢。”

原来这位璜大奶奶娘家姓金，就是那一年焙茗闹书房打架，金荣的姑母。璜大爷借着宁荣两府的庇荫，当着份小差使，却也无荣无辱的个老实人。他这位令正，其为人也小有才，专能胁肩谄笑，奉承尤氏、凤姐。后来璜大爷去世，多亏尤、凤二人资助。凤姐死后，又要走薛、李二位的门路。无奈那李纨是个一尘不染的脾气，无处下手。宝钗深鄙其为人，因他常献些小殷勤，送些针线活计，不得已，年接送几两银子应酬而已。

他又把当日奉承凤姐的那副面孔用在平儿跟前，这位琏二奶奶原是受赒济人的，自然帮助他。如今又打进蔡如玉的门子去，不但谄谀，又在背地里拿着彩云送礼。这位三奶奶遇着这么一员龙韬虎略的女将，就认作知己。未免置了些真吃亏的首饰，买了些假便宜的陈设。常在王夫人面前一力提拔，渐渐的太太也就上起当来，这也不必说他。因侄儿金荣领了薛蟠的本钱，开了座三间门面的古董铺。他又是冷子兴的干儿子，所以买卖却倒十分兴旺。谁知这天买了几件东西却是贼赃，被地方访着，锁到锦衣府去，衙门里都知道他是薛大呆子的腻友，谁不想他的银钱使用？所以押在班房且不过堂。偏偏薛蟠又不在京，急的他母亲找了璜大奶奶去托人情。金氏知道贾珍是现任京营总兵，他就来求尤氏，偏又不在家。

过了两日，打发小小厮套儿到了宁府，打听得尤氏已回，他就雇了一辆车来找尤氏，将此事说明。尤氏说："据我说，没什么要紧，不过是衙门里想钱。"金氏道："可不是为这个，那孩子最老实，胆子又小，偏偏的薛大爷又不在家，我们嫂子知道大嫂子是爱行好事的，所以叫我来求求大老爷。"正说着，人回："老爷回来了！"只见贾珍进来，金氏迎着请安问好，彼此坐下。尤氏就将金氏的来意告诉贾珍。那金氏又站起来哀求了几句，贾珍道："没要紧，蓉儿拿我个帖子打发常通告诉臧先生一声儿就结了。那些官人你看着随便赏他们几个钱就是了。"贾蓉答应自去派人。这里金氏说："大老爷施了恩，还要拿出钱来。等荣儿出来，叫他过来磕头。"贾珍笑道："至亲照应是该当的。"说着便对胡氏道："请大婶娘你们那边坐坐，我吃了饭还得上衙门呢。"金氏搭讪了两句，便同胡氏去了。这里贾珍笑道："我不看着薛老大的面上，叫这小兔子儿再开一回！"张佩凤站在地下笑着望窗外努嘴儿，贾珍笑道："怕什么，谁不知道！"

此时仆妇们摆上饭来，贾珍喝着酒对尤氏说："如今的事愈出愈奇，新近拿了一案，是个和尚自称'蛋子和尚'。"尤氏说："这蛋子和尚怎么听着这么耳熟呢！"佩凤说："那回老盛婆子不是说《平妖传》给太太听，太太还说他就是圣姑姑么？"

尤氏笑道："我说呢！"贾珍接着道："他有个师父，住在云蒙山水帘洞，称为猿公。这猿公神通广大，法力无边，善能呼风唤雨，喷云布雾，常上天见玉皇大帝，要毁谁就毁谁。又究出那猿公好些不法的事来。如今行文去拿，拿着时就地正法。"

尤氏笑道："这不成了那书上的么？"贾珍道："可不，就是那些胡涂人听了些小说、鼓儿词就依法奉行，还算他能干。"

说着吃完了饭。将要出门，听外头传梆回事，叫小丫头去问。只见小丫头手里拿着红帖子进来，原来是薛蟠从广东回来送的东西，一个名帖、一个礼单，上面写着：水法洋钟一座，玻璃家伙四桌，悲翠带钩一对，悲翠圆镯一对，珍珠花大小二对，天青、大红、宝蓝、绛色洋呢各一板，各色广纱二十四匹，葛布二十四卷，外有送蓉大爷的带玩艺儿的洋表一对，八音盒一对，洋枪一杆，洋画一卷，下注“有匣”。贾珍道：“只好蓉儿的一份全收，那一份拣轻的收他几件就是了。”婆子传出话去，不一时婆子进来说：“回事的叫回老爷，送礼的话若不全收，他回去就要挨打，务必求老爷留下。”贾珍道：“既如此，只好收下，你着进才带人拿进来。”婆子答应去了。只见回事的进才带着二门上小厮们抬进，放在上房廊下。女人们笑着说：“我们可拿不动！”贾珍道：“叫他们抬进来罢！”于是婆子掀起帘子，都摆在当地八仙桌上。贾珍对尤氏说：“怎么赏？”尤氏道：“只好四两银一个，赏用宫绸袍料。”又问进才：“几个抬夫？”

进才说：“八个。”尤氏说：“十六吊钱罢。”贾珍道：“拿个谢帖，说请安问好道谢，一两天我还要瞧他们大爷去呢！见面再谢。”进才答应去打发赏钱。不在话下。

贾珍、尤氏等围着桌子看东西，贾珍拿起表来打开一看，连忙扣上。对尤氏笑说道：“薛老大这么大人了，还是这样淘气。”尤氏会意，说：“没出息的人，到老也不能改的！”正说着，见贾蓉进来，尤氏说：“看东西罢。”贾蓉笑道：“在那府里看见送琏二叔的，听见说和这里一样。”贾珍问：“都收了么？”贾蓉说：“原是不全收，送礼的人不依。听见送二太太的龙舟好极了。”贾珍道：“我也不管好不好。看看外头齐了，我可得走了。”贾蓉道：“都伺候着呢。”贾珍换了衣赏，上衙门去了。这里贾蓉接着说：“薛大叔带了两个广东人来，姓何叫何其能，儿子阿巧，现在跟班。他老子专会收拾钟表，要看龙舟须得他父子，别人不能。”

正说着，见婆子带进王夫人那边两个女人，进来请了安，说：“太太问奶奶好，奶奶们请安。太太说：‘姨太太那里送了两只龙船，节下请奶奶、小蓉大奶奶，还教把姨娘们带过去看斗龙舟。’”尤氏笑道：“还用太太这么说，横竖请节安也要过去的，何必又累你们一趟。”女人笑回道：“还请三姑奶奶、史姑奶奶、琴姑奶奶、李三姑奶奶，才我们来的时候，已经打发人请大太太去了。”尤氏说：“你们喝点茶再去请客。”女人们笑道：“奴才们不喝茶了，好几家子呢。”尤氏说：“回去替我请太太安，问奶奶们好。初五供了粽子我就过去。你们到了各家，都替说请安问好罢。”二人答应去了。

接连又有几家送节礼的。尤氏说:“初三薛大爷的生日,还得好好的送一份礼才是。”贾蓉说:“他原要在家里唱戏请客,姨太太不愿意,他请我们在城外吉祥会馆听戏。”尤氏说:“听戏不怕,可别闹事。”贾蓉笑道:“他皆因吃了几回硬亏,如今安顿多了。”尤氏说:“听见如今和那姓柳的很好。”贾蓉笑道:“本来那柳二爷的样儿,不知道的就要看错了。太太不记得那年同着姨儿们在柳巷霍家听戏,那唱楼会的,人人都说于叔夜比穆素徽还好呢。去于叔夜的就是他。”尤氏笑道:“我听戏就是看热闹,那里留这神。”这里尤氏母子张罗节事不提。且说到了端阳佳节,荣国府各处门上插了蒲艾,悬了灵符。

一清早,薛家就派了何其能父子来整理龙舟,请各家俱已到齐。

早饭后,都过大观园来,女眷们在大观楼上,爷们在临水的大花厅上。远远望去,那上流头水中不知是板是布,作成一座彩画的龙门,只听叮叮当当一派洋乐,从龙门里出来一条三丈多长的黄龙,张牙舒爪,飞舞而来。龙背上是座玻璃小楼,竖着一根玻璃转花的桅杆,上面是琉璃珠穿成的宝盖,璎珞流苏,龙头上坐着个七八岁的孩子,拿着一面小黄旗,两边有二三十个美女划着画桨,船楼中作着换套的衣乐。那鳞甲都是蛤蚌作的,映着日光十分耀眼。这里王夫人觑着眼说:“那前后两嘟噜黑东西是什么?”众人笑道:“龙颏下是一颗带火焰的珠子,后头龙尾上是个孩子打秋千。”邢夫人笑道:“你们说了我才看出来了。”探春笑说:“本来大娘的眼睛比母亲的眼睛还花呢。”正说着,忽听一阵大吹大擂的,一条青龙赶来,龙头上的孩子将手中青旗一展,追着那黄龙抢珠子,两条龙在水面上追逐,十分有趣。李婶娘问道:“那孩子也是他们带来的吗?难为他,也不害怕呢。”众人都大笑起来。湘云笑道:“都是薛大哥带来的。”宝钗说:“婶娘别理他,那都是些绢帛作的。”

李婶娘笑道:“我说呢,这大姑奶奶还赚我呢。”湘云笑道:“不是薛大哥带来,难道好几千里他们跑来?那成了真孩子了!”

王夫人道:“提孩子,他们怎么没看来?”玉钟儿道:“看了一早起了，才我过去取手巾，听见在那学舌呢。芝哥说：‘苓哥兄弟不会说，让我告诉爷爷罢。’就滴滴答答的连说带比，把老爷乐的了不得。”正说着，贾芝、贾苓还有掌珠妞儿三个孩子，都是一样大红戳纱短衫，松绿戳纱裤子，老虎鞋，背后挂着许多节景，葫芦、五毒，粉额上抹着朱砂“王”字。

王夫人笑问：“谁给你们画的？”贾苓说：“姐姐。”贾芝拉着王夫人的袖子说：“我叫姐姐也抹这个，他不抹。”王夫人说：“那么大姑娘也抹这个？”芝儿说：“妹妹怎么抹呢？”说的众人都笑了。尤氏问香菱：“你们妞儿怎么不来？”香菱笑道：“还没出过门呢。”薛姨妈说：“皆因那年添头生小厮时候，他不是迷过去了。说瞧见他父亲不知说什么来着。后来添了这妞儿，总不教他出门。”这里只顾说话，也不知那龙舟怎么收场。平儿说：“午酒摆在那里？”王夫人说：“稻香村罢，闹大奶奶去。”李纨笑着就同了平儿去预备雄黄酒，这里众人起身下楼。正走着，那日光正射在掌珠身上，如同打了个大闪，众人都吃了一惊。原来是他那宝贝映日放光，众人都说：“真是宝贝。”宝钗说：“明日真得看看他那光彩，这比龙舟又好看了，那究竟是人工做的。”说着已到稻香村，无非是饮酒行乐，不必细说。不知明日看那宝贝不看，且听下回分解。

第十四回　制瓜灯闺中斗巧
赏荷花席上联吟

话说王夫人等在稻香村吃了果酒，都到上房吃晚饭，又闲谈了一回，各自回家。这里预备车，平儿送邢夫人仍过东院住去，李纨等各自回房安歇。过了些时，都到上房请安。早饭后，大家闲坐。王夫人问湘云："你们太太总不出门，到底有什么病？"湘云笑道："没病，就是不爱动，连娘家都不去。却很疼我，总说在家的时候姐妹们一处玩惯了，怕我闷的慌，又说这里叔叔、婶娘又疼我，可以多住些日子，散散心。"正说着，见尤氏进来给王夫人请了安，问了众人好。李纨道："你这么早就来了！"尤氏说："不是今日瞧宝贝么？"宝钗笑道："天阴的这个样儿，还瞧什么呢？"小丫头们说："掉点儿呢。"

探春道："趁着没下起来，咱们园子里看荷花去。"尤氏说："你们去罢，我跟着太太。"探春道："你可得去，云妹妹还要听你唱'骤雨打新荷'呢！"尤氏说："嗳哟，我知道什么新荷旧荷的。"说的众姐妹都笑了。李纨道："你明日请他到万柳塘，他才唱呢！"尤氏说："又万柳塘了，是万柳庄！亏来还没说着。"说的宝钗、探春、湘云都笑起来。王夫人不知其故，也随着他们笑。平儿问："我怎么没听见过？"这一问，更都哄堂大笑。

见三门上的老婆子拿着根青竹竿，挑着个西瓜进来。一看，原来是玲珑剔透的瓜灯，还有个小封套儿。说："二姑奶奶给太太请安，问奶奶们好。此刻在姨太太那里呢。先教把这个送给姑奶奶、奶奶们瞧,少时还到咱们这里来呢!”宝钗接过封套。王夫人说:“赏他一吊钱,回去说请姑奶奶同姨太太一块儿过来罢!”探春向宝钗手里接过封套,打开一看,笑道:“这可是好东西,不给你们瞧。”不提防,湘云一把抢到手里,李纨、宝钗都凑来同看,原来是一张冰纹笺,上写着一首《鹊桥仙·咏瓜灯》:

并刀细镂,千花万叶,费尽良工心思。柔枝缠绕,却分明更间着连环卍字。窗前巧制,檐前轻挂,消遣闺中游戏。夜深光暗,到天明剩几点盈盈烛泪。

看完,大家称赞。李纨说:“好却好,只是收的太颓败些。”湘云、探春齐说:“这正是他见到的地方,本来如此。”

正说着,见宝玉、贾兰下了衙门,一同进来请安。湘云拿着那词,向宝玉笑道:“请教请教。”宝玉接来一看,说:“到底琴妹妹有兴致,这几年咱们把这些事都掷下了。”回头看见瓜灯雕的甚好,说:“咱们也弄这个玩玩。”李纨说:“教外头作了,我们看罢。”宝玉道:“那没意思,还是我们自己做有趣儿。”李纨说:“叔叔,瞧他那手才有趣儿呢。”王夫人忙问:“手怎么了?”贾兰笑说:“昨日晚上就是做这个来着。走了刀,把左手大姆指头划破,洗了一盆血水。今日还裹着呢。”王夫人拉过来看看说:“这么大小子,还淘气。”只听人回:“姨太太、二姑奶奶都来了。”这里众人都迎接进来。

湘云先说道:“好词啊!”宝琴说:“难道就许你有‘卷起半帘香雾’么?”别人听了还不在意,唯有宝玉听见这话,便想起那一年大家填柳絮词,未免暗触伤心,就搭讪出去了。

这里众人坐了一回,探春说:“走罢,看荷花去,姨妈不去么?”薛姨妈说:“先请罢,回来找你们去。”王夫人道:“留下三奶奶伺候姨妈罢。”于是大家往园中去,将走到东跨所后角门,见静悄悄的掩着一扇。宝钗道:“想是都睡了,别把黄雀儿喂了猫。”众人便轻轻的进了角门,隔着花幛儿一看:原来袭人、麝月、莺儿三个人在廊下斗牌,小丫头翠香捣指甲花儿,宝玉坐在凉榻上弄玉簪花,双环蹲在旁边搧风炉,上面坐着个小银锅。宝琴低声说:“这样天气还弄火玩。”宝钗道:“又是蒸粉呢!"探春道:"走罢,别搅了他们的局。"说着径往园中走去。

进了园门,就往藕香榭来。原来这藕香榭是向东的门,四面抄手游廊,院内堆着些怪石,种着几棵梧桐、芭蕉。南面的五间大敞厅正临着那一塘荷花。北边就是惜春旧住的绣阁。众人进了敞厅,见上面挂着"藕香榭"退光漆嵌蛤蚌的匾,于是众人倚栏坐下。不多时,稻香村的婆子送过茶来。湘云道:"叫个人去把藕香榭的旧主人请来,就说我们都等着呢。"李纨道:"别人不行,碧月去罢。"宝琴问:"怎么讲?"李纨道:"他和四姑娘最说的来。"探春道:"不好了,又一个疯子!"

不多时,碧月回来说:"四姑娘说完了事就来。"众人问:"作什么呢?"碧月道:"画画儿呢。"众人又问:"画什么呢?"碧月说:"瞧着上头倒像没什么。"众人正猜着,只见惜春扶了小丫头磬儿进来,都问了好。湘云问:"你画什么呢?"惜春说:"没画什么。"说着瞅了碧月一眼说:"又是你嘴快!"都知惜春的脾气,也就不往下问。

只见李纨处的两个婆子拿着摄丝大捧盒走来,揭开看时,是几个蓝玻璃家伙盛着时鲜果品。李纨说:"就摆在大圆桌上罢。杏仁酪得了,给姨太太、太太送过一罐去,剩的用大银罐给我们冰上。"婆子答应去了,又抬了一大竹筐西瓜、香瓜,一小坛酒来。随便都用些瓜果。宝钗道:"今日你的东道,明日该我请了。"探春、湘云、宝琴齐说道:"既是如此,明日还是在这里好。"众姐妹说笑一回,都过王夫人处来。王夫人说:"二姑娘住下罢。"宝琴笑道:"是住下。"薛姨妈道:"没看见行李都带来了!"于是大家吃了晚饭,一宿晚景不提。

次日早间,天色甚好。将到午初,王夫人说:"把他们都找来,趁天晴可要见世面了。"婆子们答应去请,不一时贾珍、贾琏、宝玉、贾环、贾蓉、贾兰并尤氏婆媳都来请安问好。王夫人道:"弄盆水来,把妞儿的宝贝借来。"玉钏儿说:"早就预备下了。"婆子们用大铜盆盛了盆水,问"放在那里?"探春说:"放在当院子里。"正说着,贾相国下朝进来,见这些人都站在廊下,院里又有一盆水,便问道:"看什么?"王夫人就将原故说了一遍,贾相国进房换了便衣也出来看。宝玉便将那物接来,放在水中。此刻正是万里无云,正顶上一轮赤日照在水里,只见那物在水里乱转,先不过在盆里虹霓似的一个圈子围着,后来就高出水面有三尺多长,忽然那日光被一片浮云遮住。王夫人说:“收了罢。”宝玉道:“我能放,却不知怎么收。”探春道:“捞起来就得了。”收了宝贝,贾相国说:“实在稀罕!”便对湘云道:“好生收着,别随便给孩子玩。”湘云笑着答应,又对薛姨妈道:“前者大外甥送的那龙舟,里头就有人议论。”薛姨妈道:“外省里新鲜物儿多的很,到了京城里就有这些讲究。”贾相国道:“所以诸事不可不慎。”

只听人回:“锦乡侯夫人来了。”贾相国带着子侄们出去,众姊妹也都往园中去了。这里王夫人会客,不提。

且说众人到了藕香榭,早已摆设停当。看那荷花开的十分茂盛,结了许多莲蓬。宝钗教人采了几个莲蓬,湘云在席上用荷梗儿吸酒,众人说他的玩法总新鲜。探春道:“今日可别辜负这荷花了。”宝琴道:“是诗是词我都不怕。”湘云道:“颦儿死了,偏不许你独擅词坛。”忽听背后一人笑道:“那位是盟长啊?”众人一看,原来是宝玉。李纨问:“你打那里来?”宝玉道:“才听见里头传出去,三奶奶受暑,教请大夫。我才到了屋里,问他们,说都在园子里,我就找你们来了。”探春说:“到底是填词,还是作诗?是各人作各人的,是联句?”

正在商量未定,忽然一黑,下了阵暴雨。偏是南风,吹的满桌上都是水。

一时雨过天晴,满池荷叶擎着那水珠儿西歪东倒,一群小丫头在岸上扑蜻蜓,远远的见玉钏手里拿着个东西,后头跟着个人。一时玉钏进来捧着个荷叶式的翡翠盘子,盛着一盘茉莉花,盒子里是一碟水晶角儿,一碟豌豆糕。说:“花儿是太太教给姑奶奶们送来的,点心是璜大奶奶孝敬太太的,太太教你们众位尝尝。”探春道:“咱们正没主意,茉莉花来就巧了,就用《爪茉莉花》调名联句如何?”宝玉问:“是多少字?”探春道:“这可不记得!”李纨说:“拿词谱一看就知道了。”

宝钗教小丫头去告诉莺儿,把词谱第二套拿来,回头问:“客走了吗?”玉钏说:“客刚走,璜大奶奶就来了。此刻珍大奶奶、琏二奶奶都在上头呢。我还忘了一件事,告诉你们,众位不必过去,晚饭就在这边吃罢。”湘云递给他两个莲蓬说：“你走着吃罢。”玉钏说：“我见紫菱洲有很好的菱角，为什么不采些来？”李纨道：“你就带个信叫他们采些送来。”玉钏去了。

见莺儿送了词谱来，打开同看，是八十二个字。宝玉问：“那位起句？”宝钗道：“谁出主意谁起。”侍书早把笔砚笺纸摆好。宝玉拿起笔来。说：“我写。”先在纸上写了《调寄爪茉莉·即景联句》。探春便念道：

雨过荷香，更添些况味。

宝琴接道：

微风动，

刚要往下念，湘云忙念道：

闹红轻坠，翻翻翠扇。

宝钗笑道：“好个‘闹红轻坠’，这可不让你了！”便接过笔来写道：

看不定，琼珠破碎。

忽听远远蝉鸣，探春笑道：“现成的来了。”念道：

是何处断续蝉声？

宝琴笑道：“你既问我，只好告诉你。”便念道：

绿杨外，残照里。

宝钗道：“这过变的地方，可别脱了节。”李纨道：“吃点东西再作，别像那年芦雪亭联句，不是作诗，倒像拚命似的。”湘云正倚着栏杆，剥莲子往水里掷皮儿，把那芦梢上的蜻蜓惊起。他便一言不发，走过来就写道：

蜻蜓款款立芦梢，弄双翅。

写完，仍旧剥莲子。众人笑问：“你为什么慢条斯理的？”湘云笑道：“快了，又说拚命似的；慢了，又有不是。”只见探春走过来写道：

临水阁，画栏同倚。

宝琴正擎着个玻璃盏，说：“三姐姐写罢。”念道：

持觞索句。

宝玉问道：“许我献丑不许？”众人道：“正要领教呢！”宝玉便来接

笔，探春道："你念罢，我写。"宝玉念道：

片云生，催诗意。

众人笑道："这可牵强。"宝玉道："我说的是真景，你们看西南上又涌上来了。"忽然一阵微风吹过些声音来，大家细细听去，是"花儿鲜，叶儿鲜，菱角虽好，刺儿尖！"宝玉道："妙极，他帮了我了。三妹妹写上！"念道：

向晚来，听隔岸菱歌起。

宝钗道："何苦七拼八凑的，真可是填词了。"正在说笑，只听满池扑拉之声，飞起几只鹭鸶。宝钗道："就用他收了罢。"向探春手里接过笔来。写道：

有鸥鹭，莲叶底。

宝玉道："这也未必不是凑的罢，你说我的不好，你就改改，这位蘅芜君我真惹不起。"湘云问道："二哥哥如今还怕宝姐姐么？"宝玉笑道："如今更怕了。"说的大家哄堂大笑，连地下伺候的丫头、婆子都笑了。宝钗把脸一红，刚要回言，见平儿笑嘻嘻的拿着一枝并蒂莲花进来，众人让坐，婆子斟了一杯酒。平儿向李纨道："有人给你们阿哥提亲呢。"要知亲事谁家，且听下回分解。

第十五回　聘淑媛贾兰受室
喜乘龙巧姐于归

话说众人正然说笑,见平儿拿着并蒂莲花进来,众人忙让吃酒。平儿坐下,对李纨道:“有人给你们阿哥提亲呢。”宝玉先问:“谁来说的?什么人家?”平儿道:“才璜大奶奶来说的,一个外任官,家里很财主。姑娘十六岁,长的很好,知书识字,活计也好。太太问他:‘姓什么?作什么官?’他说:‘也不知是知府是知州,新打外头回来的。提起来,横竖老爷知道。’太太说:‘不知是谁,老爷焉能知道呢?’他说:‘我先和太太说了,再打听去。’”探春道:“直不用理他,此刻走了没有?”平儿道:“上头说了会子话儿,就瞧三奶奶和他干妈去了。”探春问:“谁是他干妈?”宝钗道:“他和玉钏是把子,还给老白妈作了鞋脚,认干妈。”湘云问道:“老白妈不是太太那边的针线头儿吗?”宝钗道:“可不是!”李纨问宝钗:“你怎么知道的这么细,连送鞋脚都知道。”宝钗道:“我们屋里浆洗上的老秦,是玉钏儿的姨儿,所以知道。”平儿道:“其实玉钏很不待见他,皆因太太喜欢,乐得大家取合儿。”宝玉道:“他那个侄子也和他似的,说话有头无尾。”平儿笑道:“那可怎么做买卖?”宝钗道:“不用管他,很好的西瓜,你吃罢!”婆子们挖上几碗西瓜来。

正吃着,见平儿屋里小丫头喜儿来说:“二爷请奶奶呢。”平儿问:“什么事?”丫头说:“不知要什么,丰姑娘找不着,教请奶奶来了。”李纨道:“快去罢,别像那东西似的,连你也丢了,你们二爷更着急了。”平儿笑着站起身来,回头向宝钗道:“西瓜没吃够,寻给两个,拿了家去吃。”宝钗笑道：“我早就给巧姑娘和苓儿送过西瓜、李子去了，你家去和孩子们抢着吃罢。”平儿笑着去了。湘云道：“这位琏二嫂，真是袭了凤姐姐的职了，颇像他的样子。”宝琴道：“不但诙谐谈笑，连那一切举止竟无一不肖。”探春摇着头道：“苦论居心，两个人差多了。”

宝玉道：“不用批论人了。今日的词，稻香老农看是那句好？”李纨道：“据我看，‘坠’字和‘碎’字押的都响亮。‘是何处断续蝉声？’问的有趣，‘绿杨外，残照里。’答的更妙。”宝玉道：“也不过是从姜白石的‘闹红一舸’，苏东坡的‘琼珠碎又圆’套来的。”李纨道：“套古人不怕，套只要用的好。就是你们那应制诗文，也未必不套古人罢？”湘云拍手笑道：“阿弥陀佛，也遇见劲敌了。”宝玉笑道：“只好让你们人多，我不说了。”

一抬头，见碧月站在李纨背后搧扇子，上面画着松树。接来一看，原来是惜春画的一棵苍松，一块怪石，一段流水，一只老鹤在松下梳翎，并无字迹。只印着颗“栊翠闲人”的小方印。宝玉道：“想不到他倒投了四妹妹的缘。”众人看了回扇子，湘云道：“我只惦着不知他昨日画的是什么？”宝琴道：“咱们何不去看看？”探春说：“今日晚了，明日再去看他。”

此刻已摆上饭来，宝玉道：“弄点烧酒来。”探春向婆子道：“和琏二奶奶要，他说有自己蒸的莲花白，寻些来。还请他这里吃饭。”婆子答应去了。不多时，抱了两个玻璃瓶来，说：“琏二奶奶说，这是自己蒸的莲花白，这是四月里的嫩荷叶泡的。还说，请姑奶奶、奶奶们用饭罢。琏二奶奶为巧姑娘的喜事，到太太那边回话去了。”

这里众人吃了晚饭，都过王夫人处来。平儿正和王夫人说话，见他们进来，王夫人道：“都坐下听，今日王大爷来说，周家送信，腊月要娶。我想哥哥还没媳妇呢，妹子倒先出嫁。可笑今日还来了个冒失鬼。”探春故意问道：“是谁？”王夫人说：“璜大奶奶，他也不知道姓名官职，就来说亲。”宝钗问：“谁向他说的？”王夫人道：“是在他侄儿铺子里买东西去的，他也说不清，我也听不清。”

正说着，人回：“珍大爷过来了。”贾珍请了王夫人的安，众姐妹都站起来问了好。王夫人说："你坐下罢。"贾珍就在杌子上坐了，说："今日在里头，东平郡王把侄儿教去，问兰哥的岁数，又问娶亲没有？"侄儿回道："有几家提亲，尚在未定。"王爷说："有一家很合适，就是东平王的内侄孙女，掌院学士曾继圣的女儿。曾大人就是宝兄弟和兰哥他们的老师，世代书香。"宝玉道："本是曾子的后裔。"王夫人道："自然是山东根子。"贾珍道："王爷说先问问侄儿，明日要亲身和老爷说呢。据侄儿听着，倒很妥当，才已竟回过老爷了，教回太太来。"王夫人道："好是好，可不知姑娘多大了？"贾珍道："东平王来了就知道了。"大家又说了回闲话，贾珍退出。

这里众人又坐了一回，各自归房安歇。次日都到上房请安，王夫人对李纨道："昨晚老爷进来，提起亲事很愿意。不知你的意思怎么样？"李纨笑道："这件事，总是老爷、太太作主，媳妇可知道什么呢。"于是大家都在王夫人处吃了早饭，商量往栊翠庵找惜春去，宝玉也与他们同去。

进了园门，一路说说笑笑，刚过了蜂腰桥，听远远的一派云璈箫管之声。湘云道："何处吹来步虚声。"宝琴道："想是四姐姐作功课。"探春、宝玉齐说："断乎不是他。"细听了听，原来是府墙外人家念道士经。

到了栊翠庵，见庵门紧闭。湘云道："待我叩门。"便用扇子轻轻敲了几下，里面问道："是谁？"湘云笑道："是访道的。"婆子开了门，见是他们，便说道："姑奶奶、奶奶们连宝二爷都来了！"大家进了门，只见惜春迎了出来。见他头上松拢云环，别着一支玉簪，并无花朵。穿一件天水碧罗衫，拿着把芭蕉扇。一见众人，笑问道："又没下帖，难得都来了。"

让到房中坐下。惜春道："把前日姨太太送的梅片茶泡来。"探春道："凉些才好。"惜春道："有竹叶汤是凉的。"宝玉听了，说："好极了。"于是大家都喝竹叶汤。

宝琴问："四姐姐做什么呢？"惜春道："没做什么，不过看看书。"湘云道："我不信。"说着站起身，隔着纱帘往里间望去，见墙上有一张素纸。掀帘进去一看，原来是张绢，用针别在墙上，上边略烘染了点天光，托出一轮圆月，下边是一片平水，水中隐隐的一个月影。湘云说：“你们快来瞧罢，这栊翠闲人总该罚他每人给画一张。”惜春道：“那不是闲人，竟是忙人了。把我热死了，你又得费眼泪。”说着，都进来看画。宝玉道：“何不就写‘清池皓月’。”惜春道：“那又着相了。”说着仍到外间坐下。

宝钗问惜春：“紫鹃好了没有？”惜春道：“还没好呢。你看我这里实在短人，虽有这庵里几个旧人，我却使不惯，不过作伴而已。要向你们借人，如今各屋里都是刚够用。”李纨道：“不用借，等晓霞好了，我回了太太，就把碧月奉送，如何？”惜春笑道：“只要你舍得。”李纨正色道：“这倒不是玩话。”宝玉道：“四妹妹放心，我作保。”惜春道：“先谢了大嫂子，就算定了。”

宝钗道：“我瞧瞧紫鹃去。”说着便往紫鹃房里来，见他坐在窗下发怔，瞧见宝钗进来，忙站起身来，笑道：“二奶奶来了。”宝钗道：“你怎么了？”紫鹃道：“不过是热着了点儿，没什么大病，劳动奶奶来瞧。”宝钗道：“听见四姑娘说，我不放心，来瞧瞧你。”只见里间屋里放着张洋漆小方桌，上面供着白檀小龛，挂着个白绫弹花幔子，设着个古铜小香炉，一个小玉瓶里插几枝秋海棠，戈窑碟里盛着新剥的几个莲子，供着个粉定小盖盘。宝钗心里早已明白，揭起幔子，见牌位上写着“潇湘主人之位”。宝钗的那眼泪就像断了线的珍珠一般，紫鹃也落下泪来。宝钗拭着泪，向紫鹃道：“也不枉他疼了你一场。”出来便搭讪在墙阴里看海棠。只见双环跑来说：“老爷叫二爷去会客呢。”宝玉就慌忙去了。宝钗进房来，众人见他满脸泪光，问道：“为什么伤心？”宝钗就把紫鹃不忘故主事，说了一遍，众人听了无不伤心称赞。

按下栊翠庵，且说宝玉回到房中换了衣冠，到书房来见老爷。贾政道：“方才东平王前导已来，说王爷随后就到。所以叫你们伺候着。”只见回事的跑来说：“东平王爷来了。”于是贾琏、宝玉、贾环、贾兰在大门以内迎接。只听马蹄乱响，两对引马进来，接着又是两匹顶马，顶马过，才是一乘黄绊蓝呢大轿。后边许多跟马，还有两个内监。他叔侄四人在甬路左边迎着轿请安，东平王在轿内笑容满面，拱拱手。贾琏道："把轿子请进去。"往西一拐，又进一重门，是五间过厅。往里望去，甚是壮丽。

见贾相国迎了出来，王爷命住轿。轿夫退去，两个内监过来揭起轿帘，撤去扶手板，王爷下了轿，贾相国迎过来请安。

东平王连忙拉起，一同进了大厅，请东平王上坐，自己在下首侍立。东平王道："椅子上坐了好谈。"于是贾相国谢了坐，就在下首椅子上坐了。贾琏捧过茶来，东平王便将昨日对贾珍的话，说了一遍。贾相国道："蒙王爷抬爱，贾政深感鸿慈。"东平王笑道："岂敢，那曾杏坛之为人，老相国自然深知。就是他那两个少君也颇有出息。妞妞今年十六岁，我也常见，真是幽娴贞静，堪为令孙的淑配。曾夫人就是北靖王妃的胞姊，都是孟家小姐，可称得世代书香。"贾相国十分愿意，又彼此说了些谦言。东平王告辞，贾氏父子送出仪门。

就有司官请中堂看稿，贾政对贾琏道："你先把今日的话告诉你婶娘，明日你同宝玉到园子回回大老爷、大太太，我还得到东平府谢步去。"说着自回书房办事去了。

贾琏等进内细细回了王夫人，此时薛姨妈、李婶娘都在这里，众人听了无不欢喜。王夫人道："事情自然是准了，咱们也该商量新房。我想总是守着稻香村近才好。"探春道："论近就是藕香榭、蓼风轩、缀锦楼，不过房子略小些。"王夫人道："缀锦楼就好，怡红院留着给芝儿，那是宝玉住过的。新花厅给苓儿，为他们那边就近。"又对薛、李二位道："二位亲家太太帮帮我们的忙。"薛、李二人齐说道："府上这些人，还用帮忙的？"王夫人道："恐怕媳妇们想不到，提提他们。"平儿笑道："都有人疼，那位老太太疼我呢？"薛、李二人道："都是一样。"尤氏笑道："只管放心，有我疼你呢。"平儿道："同着三位老太太说下，以后我可管着你叫娘了。"正然嘲笑，贾琏进来请示收拾新房。王夫人便将本意告诉了贾琏，自去传匠役不提。

且说贾相国回拜东平王，择定八月纳彩，九月迎娶。众人忙了两个多月，已到吉期。曾府上嫁妆十分丰盛，贾府是全分执事，官衔牌、粗细鼓乐，又有众贺客轿马，把条荣府大街塞满，将曾小姐娶过门来。

原来曾学士两个儿子、一个女儿。长子曾文渊，现任徽州知府。次子文澄，礼部员外郎。小姐芳名文淑，举止端方，温柔娴雅。三日后，行过庙见礼，拜了尊长，一家大小无不喜爱。会亲、回九，一切繁文不必细述。

这日大家都在王夫人上房看菊花。贾琏进来，满脸喜色，都请了安，问了好。对王夫人道："咱们家真是喜事重重。才下衙门，见府门外围着许多人。门上的说：'你们不到周宅去讨喜钱，净在这里嚷什么？'报喜的说：'府上的小姑爷中了解元，我们怎么不来讨赏？老中堂一乐，抬出些元宝来，我们就发了财了。'"王夫人道："按南边规矩，女婿的衣巾、报录的喜钱都是丈人家的。"宝玉道："《题名录》上，第一名周乘龙，我才要回太太，二哥哥就来了。"尤氏笑道："琏兄弟，听见太太说了，快家去抬元宝罢。"贾琏道："要是这么着，我明日辞了官，也去报喜去，只怕比俸还多呢。"王夫人笑着骂道："下作东西，快开发喜钱去罢。还得差人到周家道喜去。"贾琏答应自去派人。薛姨妈问道："周亲家在那里住？"平儿道："先在乡下，自从他公公捐了官，就搬进城来。"

此时正是天短事多，已到巧姑娘出阁的时候。这里陪送十分体面，那周家也学了许多京派。巧姐过门，真是郎才女貌。会亲吃酒，又去了几位夫人诰命。周家仰慕贾府的势利，又搭着这巧姑娘颇有母风，随机应变，甚得公婆的欢心，自然是合家欢乐。不知不觉，忙过新年。未知明春又有何事，且听下回分解。

第十六回　赖尚显万里传书
梅瑟卿千金赠妾

话说荣国府连连喜事。忙过新年，这正月里无非是拜年、请客、庆赏元宵。不知不觉到了二月花朝。这日又是袭人生日，恰巧宝玉在衙门值日，众姊妹都到宝钗房里来热闹一回，同到大观园。进了园门，望去早有各房丫头、婆子把那些斗巧争奇的像生花挂在树上，小丫头们也弄些红绿绸子条儿在花草上挂满，却也十分绚烂。行到蜂腰桥上，看那水中树影更觉有趣。

看了一回，都到王夫人上房来说笑。只见贾琏拿着个禀贴、一封信，进来请安问好毕，向王夫人回话。众人知道有事，都各自散去。

这里贾琏回道："赖尚荣打发他兄弟尚显进京来请安。"王夫人问："他是云南那府？"贾琏说："是曲靖府，现在署首府。"说着，玉钏儿递过眼镜儿。王夫人见禀帖上写着："奴才尚荣谨跪老爷、太太万福金安"王夫人笑道："几年的孩子作到知府了，这信上的字多，你把大概说说罢。"贾琏道："他因为兰儿娶亲，巧姐出嫁，孝敬了五千银子、一百两金子。才在外头见过老爷，老爷很有气，说知道他是穷官，这刮地皮的钱断乎不收。急的那孩子紧磕头，求主子赏脸。恰好有客来了，侄儿带他进来给太太请安，讨示下。"王夫人说："叫他进来，我也要瞧瞧他。但是那东西老爷既不收，我也不好作主。就因那年老太太的事情，路费不够，向他借五百银，他写了封告苦的信，送了五十两银。老爷赌气，原封带回，总说他没良心，所以这个自然不肯收。再者，咱们也用不着这几个钱。”贾琏笑道：“虽然不稀罕，也难为他大远的，这点敬心。”王夫人点了点头儿。

贾琏出去带了赖尚显进来，给王夫人磕了头，替他一家子都请了安。王夫人问道：“你奶奶，你爹妈都好哇？你奶奶还健壮？”尚显道：“托主子福，奴才奶奶精神很好，就是行路总得人搀着。”王夫人笑道：“也是该的，老封君了。”尚显说：“倒是奴才妈还是痰喘，幸而云南天气好。”王夫人问道：“你哥哥跟前几个小厮？”尚显道：“还就是一个丫头。奴才嫂子多病，收了两个人，也没生。”王夫人问：“你有几个孩子？”尚显笑道：“四个小厮，两个丫头。”王夫人笑着说道：“你倒是有造化的。”尚显说：“都是托主子的福荫。”说罢，又跪下磕了个头说：“奴才哥哥打发奴才进京给主子请安道喜，尽奴才们一点孝心。奴才哥哥在外头这些年，真是洁己奉公，断不敢伤了主人的脸。才见老爷生气，也不敢细说，这原是奴才奶奶八十岁，众同寅送的寿仪。奴才奶奶说：‘哥儿、姐儿的喜事，取个吉利。’”王夫人道：“你奶奶都想的到。你在任上当了这几年的二老爷，更会说话了，起来说罢。”尚显又磕了个头，站起身来向贾琏道：“二叔，你老人家也替我求求太太，施恩赏收了，不然我也不敢回去。”贾琏向王夫人说：“既是老嬷嬷这点诚心，求太太在老爷跟前美言，省的这孩子紧着磨。”王夫人道：“既是你奶奶送哥儿、姐儿的，倒不好不收了。”尚显说：“原想打点首饰，皆因外省匠役实在不好，恐其不合适。”又对贾琏说：“还有四只箱子，是云南的土物儿，现在路上，三两日送过府里来。今日还要到大老爷园子里去。”贾琏说：“只怕来不及。”王夫人问：“你几时回去？”尚显回道：“总得过了午节。”王夫人说：“你跟着你二叔吃了晚饭再走。”尚显答应了：“是”。王夫人又对贾琏说：“那就交吴新登、林之孝存库。”尚显又给王夫人请了安，随着贾琏出去。

按下王夫人，且说宝钗自上房回来，进了角门，只听一片笑语。小丫头双怜说：“奶奶回来了。”袭人等迎了出来，见焙茗媳妇秋纹领着个孩子给宝钗请安。宝钗问道：“你来了！”说着进房坐下。

袭人递过茶来，宝钗问秋纹：“这孩子是你们小铛儿么？怎么不像你?”麝月笑道:“怎么会像他呢?”宝钗说:“记得我还给你作满月,难道不是你生的?”袭人道:“不是他下的,可是他孵的。”秋纹笑道:“奶奶不知道这件事啊,奶奶瞧他像谁?”宝钗说:“我瞧着眼熟,想不起来。”莺儿说:“跟珍大奶奶的万儿,记得不记得?”宝钗说:“不是那个细高挑儿,有点像司棋的?”袭人说:“就是他!”秋纹说:“这件事,奶奶可别对二爷说。”宝钗说:“这又奇了,与二爷什么相干?”秋纹说:“焙茗再三的央告我,不教在里头说,怕二爷笑话他。”袭人说:“想来没和奶奶说过。”麝月说:“那些好事自然都告诉过你。”袭人说:“扯臊,我没和你说话!”秋纹说:“那年珍大奶奶放万儿出去,说人家儿,他都不愿意,一心要嫁焙茗,情愿作二房。他妈又不肯,闹的要死要活的,又怕弄出事来。我们那个一天家唉声叹气,我婆婆看着着急,又不敢作主。我说,什么二房三房的,左右都是旧日的姐儿们,弄顶轿子抬过来就结了。”宝钗笑道:“你倒是贤惠的。”袭人问:“你婆婆疼谁?”秋纹说:“都一样,那怕买枝花儿也是一样。这孩子除了吃奶,总跟着我,时刻不离。可是还有一件新闻,奶奶自然不知道。小芸二爷后续的就是小红,林家当初不敢应,还是求了琏二爷向林管家说的。”宝钗道:“这件事,我倒听见琏二奶奶说的,都知道,就瞒着太太那边。说新人腿上有残疾,所以没带来磕头。”秋纹说:“头里的小二奶奶竟闹鬼,如今又把坠儿也弄了去。人也闹,鬼也闹,没事就犯犯他们的陈事。说他们在滴翠亭说的话,连林姑娘都听见了。”宝钗心中暗笑,说:“这可冤屈死人,谁那么大工夫,管他们那些闲事。”麝月问:“你怎么知道这么细?”秋纹说:“我姑妈也在东廊下住,和他们家隔一堵墙,所以知道。听说芳官也还了俗了。本来那时候我们的人也太多,如今又太少。”宝钗说:“老爷总说人多耗费。太太屋里除了玉钏儿,大的四个,中的四个,小的四个。周姨奶奶就是常贵一个。大奶奶那边素云、碧月、晓霞,春草、秋香两个本是跟兰哥的,如今在小大奶奶屋里。三奶奶就是陪房两个。我这里就是双环、双怜、翠香、翠羽,他们三个人每人一个小丫头。四姑娘那边紫鹃多病,磬儿又不中用,就仗着侍砚一个,也闹没人使。”

正在闲谈，小丫头说："姨太太家刘妈来了。"只见刘家的进来请安问好，宝钗站起来问了太太的安，又问奶奶们好。刘家的一一回答，回头对小丫头说："外头有两个盒子，是大奶奶给哥儿带来的。"宝钗道："哥儿搬了家了。"刘家的问："搬到那屋里去了？"宝钗道："过了灯节儿就跟了太太去了。"刘家的说："我还没到姨太太那边呢。太太叫告诉姑奶奶，梅大太太到京了。"宝钗问："怎么没同到任上去？"刘家的道："梅大老爷不是越级升了福建臬司，旨意不叫进京，就上任去了。皆因二姑爷告假省亲，太太就同少爷进京的，等完了姑娘的喜事才去呢。只有三位姨奶奶跟去了。梅太太这次进京，把柳二爷的家眷也带来了。"宝钗说："那个柳二爷？"刘家的说："就是咱们大爷的把弟。听见和姑爷也最相好。"宝钗问："柳二爷几时有了家眷？"刘家的说："是二姑爷用一二千银子给他置的，此刻在梅府里住，等八月才娶呢。"宝钗问："你看见没有？"刘家说："上次送礼看见过，长的就和咱们太太里间屋里挂的那个吹箫的画儿似的。真是个美人儿，一点的小脚儿，见了人说话很和气，一家子都喜欢。二姑奶奶爱的了不得，说可惜的给了柳二爷。如今太太着大爷给他们置房子呢。家里这会子忙的了不得。"宝钗笑道："太太是最高兴替人张罗好事。你下头歇歇去罢。"袭人说："往我们屋里坐着去。"刘家答应去了。

只见秋纹拿了一包活计，笑道："只顾说话，把正事忘了。这是领下去的活计，都做得了。奶奶再打点些，我们两人做。他的针线比我细多了！"正说着，人回："李三姑奶奶来了。"

宝钗换了件衣裳，忙到王夫人上房见了李绮，彼此谈笑。见李纨带着媳妇曾文淑，又有蔡如玉、平儿都来相见。李绮问："云姐姐、琴妹妹也久没见了。"王夫人说："琴姑奶奶家里有事，这程子没来。云姑奶奶正这里住着呢，着人请他去。"李绮道："不用请，我瞧他去。还要到外甥新房去看看。"又问："云姐姐在那儿住？"宝钗道："在蘅芜苑住，我陪了你去。"

说着立起身，同李纨婆媳往大观园来。先到蘅芜苑，一进门，见翠缕、侍砚在栏杆上坐着，就知惜春在这里。翠缕、侍砚见他们进来，忙站起来请安。宝钗向二人摇摇手，便轻轻走到窗下一看，见湘云、惜春对坐下棋。惜春手里拈着个子儿说："我要吃你这一块，又不忍得。"湘云道："你这些毒招儿是跟着妙玉学的，我竟没防到。"惜春道："也没见过下一回输一回的。"宝钗在窗外"扑哧"的一笑，倒把二人吓了一跳。于是大家进房问好让坐。

李纨问："四妹妹今日怎么这么高兴？"惜春道："趁着你们众位在这里，评评这个理。他把我捉了来，叫画一轴白描观音。那如何是随便的事，回去画又不依。又要下棋，他输了就回去画，我输了当面就画。"李绮问："到底谁输谁赢？"湘云不等说完，笑着叫翠缕："快收了罢，让我们说话儿。"众人说笑了一回，辞了湘云、惜春。宝钗、李纨、李绮、曾氏都往贾兰房里坐了坐，就到稻香村来用了点心，到王夫人上房吃了晚饭回去。这里各自回房。

次日宝钗从上房回来，见宝玉下班回到自己房中，袭人伺候换衣裳。宝玉道："换换衣裳还要拜客呢。"宝钗问："拜谁？"宝玉说："梅瑟卿。还要给姨妈请请安。"于是换完衣裳自去拜客，到晚方回。

宝钗问道："怎么这时候才回来？"宝玉道："先到梅家，瑟卿就同到薛大哥那里，柳老二也在坐。说起他新置的房子，就是蒋玉函紫檀堡的那处。因为忠顺王赏了他一所宅子住，所以薛大哥不惜重价一心要买他那房子。"宝钗问道："什么原故偏要买？"宝玉道："皆因柳老二爱他那些花木，更兼盖造的精细。如今那边不肯说价，连一顷多果园都白送。这边又不肯白要，托了许多人，两下里说和，前日才定准。"宝钗问："到底是买是送呢？"宝玉道："作了一千六百银，所以大家约会明日去看房。还叫转邀兰哥，为的是商量写写匾对。"宝钗道："这些事，要是老爷知道了，你可提防着。"宝玉道："不怕，梅大爷是老爷最赞的人，总说：'据自己所见的少年公子，无出其右者。人品、学问都靠的住，毫无纨绔习气。常和他谈谈，大有益处。'"宝钗笑道："要知道他的行为，只怕更要赞他呢。"

宝玉道："他原不错，不过略放诞些，却也是文人的本色。"

正说着，见二门上的老婆子拿着两个字儿递给双环，说："焙茗叫回二爷，这是梅大爷那里送来的。"宝玉接来看了，一个是给自己的，一个是给贾兰的。打开瞧了，是务必请明日早去的话。把那一个交给婆子说："你叫焙茗把这个送到兰阿哥那边，听个回信来回话。"婆子接了，自去传话。不一时，见贾兰笑嘻嘻的走到院里，问："叔叔在家么?"宝玉说："你进来罢。"贾兰进房给宝玉、宝钗请了安，把字儿递与宝玉，说道："叔叔想明日还是去不去呢?"宝玉道："不去不是劲儿。去罢，又怕老爷知道。"贾兰笑道："要不是有蒋家这层，却倒无妨。"宝玉道："可不是为这个，咱们外头商量去。"

于是叔侄二人出来，焙茗跟到宝玉书房，问道："爷明日去不去？来人还等着呢。"宝玉将对贾兰的话又说了一遍。焙茗道："爷索性回明白上头，就说是梅大爷请吃饭。那是老爷最夸的人，自然没事了。"贾兰笑道："好小子，会撒谎。我明日有事也托你办，自然妥当。"焙茗笑道："不是奴才会撒谎，是见爷们没主意。"说着作了个手势，"这里头不是有他，也不用这么为难了。"宝玉笑道："滚罢！你对来人说，回去请安，明日我们准去。"焙茗答应去了。不知宝玉叔侄明日去与不去，且听下回分解。

第十七回　邢岫烟割肉孝亲
贾存周承恩赏寿

话说宝玉叔侄次日回明了王夫人，往梅宅赴席，便带了焙茗、锄药、跟贾兰的金印、小跟班的鹿顶儿。里头交出衣包帽盒，将要上马，见贾环下班回来，下了马先与宝玉请了安，贾兰又与贾环请安。贾环问道："这么早，那儿去？"宝玉道："梅瑟卿请吃早饭。"于是贾环进内。这里叔侄二人到了薛家，先进去给薛姨妈请了安，又见过香菱、岫烟，都问了好。出到书房，梅瑟卿、柳湘莲早来等候，彼此叙谈了一会。宝玉向薛蟠道："早些吃饭，恐其路远。"薛蟠道："不忙，还有人呢。"

一言未了，只听院里笑道："我可来晚了。"只见小厮们掀起帘子，进来一人，你道是谁？原来就是那茜香罗的旧主人。向众人请安问好毕，别人还不理会，唯有宝玉这一喜真是非常之喜，忙过来拉了他的手，笑道："如今作了官了，怎么旧日的朋友都不认得了。"蒋玉函笑道："岂敢，岂敢！皆因差使忙，所以短请安。再者，尊府上没事也不好常去。上次与大老爷送寿礼，还是我去的。"宝玉道："我怎么不知道呢？"蒋玉函说："想是你没听见说，昨日薛大爷差人叫我今日来，好容易腾挪了一天，晓得你们众位都来，我惦记的很。"瑟卿笑道："不必说了，留着话城外说去罢。"只见众家人调桌搬椅，不一时摆齐了饭，按次坐下。一时吃完了饭，传出去预备车马。

一行人出了城，走了半天才到。原来这紫檀堡是个小小的镇店，这房子离村还有二里多路，门前一道小溪，上面架着座草桥，可通车马。围着墙尽是槐柳榆楸，墙里的薜萝垂于墙外。

过了桥，是座清水脊的门楼，东边栅栏门，自然是车房、马圈，不必说他。到了门前，一齐下马。迎门一座磨砖影壁，影壁前一块涧石，早被那薜萝缠满。西边四扇洒金绿屏风，南面一溜门房，北边小小五间客厅。厅后，东边小角门通厨房。西边雕花瓶儿门，望去里面树木阴森。正面是垂花门，进了门，一道石子嵌的十字甬路。两边东西厢房，院里两大棵西府海棠，南墙下开满玉簪花。北面小小三间出廊的上房，玉色宫纱糊的窗隔，房中小巧，装修十分精致，不必细述。出了正院，刚到瓶门，一股甜香扑人。这院里周围游廊，堆着几块假山，东边一棵梧桐，西边一棵丹桂。看了那簌簌红樨，阴阴绿叶，宝玉、贾兰齐说道："有趣！"瑟卿笑道："自然有趣，这正是'喷清香，桂花初绽'！"说说笑笑进了书房，房内并无隔断，前后出廊，两面都是纱屉，设着几张桌椅。后院里一片竹林，两棵口檐的大芭蕉，廊下摆着有三四十盆秋海棠，红白相间，花光灿烂。宝玉见了白海棠，便想起那年大家作海棠诗来，呆呆的看，众人不知其故。

只听薛蟠说："喝酒罢！"宝玉一回头，见酒饭已齐，便来入座。贾兰道："可惜没带了笛来。"薛蟠道："晚上早打发人连鼓板、弦子都送来了，可唱什么好呢？"宝玉道："你没听见我们年兄说：'喷清香，桂花初绽'，《小宴》就很好。"蒋玉函道："那不是独角戏，只好唱第四支'泣颜回，花繁秾艳想容颜'那一支。"贾兰道："那几句有什么听头？"薛蟠向跟班的阿巧说："你和蒋大人唱罢！"蒋玉函笑道："薛大爷又打趣人了。"薛蟠嚷道："你们府里都称呼你大人，我们自然也该称大人的，我先敬你一杯。"阿巧道："小的唱的不好，况且那是正生角色。"梅瑟卿斟了一杯酒，出席来递与柳湘莲，又作了个揖，说："柳二哥，你和蒋公唱罢！"湘莲笑道："我唱你随！"瑟卿道："只怕我这样儿配不过你！"众人哄堂大笑。

于是瑟卿吹笛，湘莲自己打鼓板，阿巧弹弦子，柳、蒋二人同唱"天淡云闲"。只这一支，便把宝玉叔侄乐的手舞足蹈。宝玉忙斟了两杯酒，笑道："我借花献佛。"二人站起身一饮而尽。接着，又是贾兰、瑟卿、薛蟠每人用大玻璃盏敬酒,蒋玉函笑道:“柳二爷是海量,我要是这样喝法,真可要‘影濛濛空花乱双眼’了!”宝玉道:“不怕,你要醉了,我和你同车把你送到家去。”瑟卿笑道:“那又是一出了。”蒋玉函说道:“不用你们众位说,唱完了《长生殿》,咱们再唱《花魁记》。”大家听了都笑起来。

薛蟠道:“天也不早了,唱完了吃些点心,该进城了。”宝玉问湘莲:“吉期定于何日?”湘莲道:“老太太叫人择的八月十六。”贾兰问薛蟠:“二舅舅今日怎么没来?”薛蟠道:“他忙的很,老太太派他置办衣服首饰,还托了我们长利当铺周掌柜的帮办,总要鲜明热闹。”湘莲道:“为这件事,老人家实在费心,我真不过意。”薛蟠说:“家母说来,那年平安州遇见贼,若不亏了你,连我的性命都没了,岂止银钱呢。”湘莲道:“老人家若是以此为念,那倒不是疼我了。”说着,吃完了点心,外面伺候已齐,各乘车马。

一路上看那碧天云淡,野水波澄,柳叶添黄,苹丝减绿,远远的斜日渐沉,暮烟初起。宝玉在马上看了这秋色,又想起刚才唱的《小宴》。当日明皇与贵妃何等的恩爱缠绵,后来马嵬驿那般结果!正然颠倒寻思,焙茗用鞭子指着说:“爷顺着那棵大松树往西瞧,那不是水仙庵!那年九月初二,咱们在井台儿上烧香。”宝玉听了,想起祭金钏儿的事来,不由一阵伤心,不知咕咕哝哝说了几句什么。焙茗说:“怎么又伤了心了?”宝玉道:“谁伤心?是迷了眼了!不用胡说。”不一时,进了城门。大家在马上拱了拱手,各自回家不提。

且说宝玉、贾兰到家,见过王夫人,贾兰自回园中去见母亲。宝玉回到自己房中向宝钗略说了说今日出城的事,就叫袭人服侍睡下。袭人出来悄悄向宝钗说道:“二爷今日出门回来,无精打采的,不是又有什么心事?明日叫人问问焙茗就知道了。”麝月在旁说道:“常和那些人在一处,有什么好处?”袭人因有薛蟠在内,恐宝钗嗔心,便瞅了他一眼。宝钗笑道:“什么心事,不过马上颠了一天乏了。你也太多心了。”说罢,宝钗卸了残妆,盥漱已毕,也就歇下。只听宝玉在梦中说道:“香断总缘卿薄命,珠沉休怨我无情。”后头几句就听不真了。

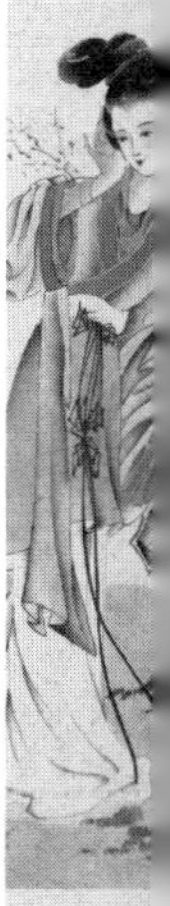

次日起来，宝玉自到王夫人处请安。宝钗梳着头笑向袭人道：“你倒猜着了，梦里念了两句诗。”袭人道：“奶奶说给我们听听。我虽不懂，如今常听见奶奶和爷讲究，也略听出点儿来。”宝钗便念道：“香断总缘卿薄命，珠沉休怨我无情。”袭人听了，笑道：“这成了那年祭芙蓉花神，林姑娘还给改的什么茜纱窗。后来才知道不是祭芙蓉花神，是祭晴雯。我们还都笑那位芙蓉神。听起这两句来又不知是朝着谁呢？”正说着，宝玉进来问宝钗：“你们说什么两句两句的？”宝钗笑道：“有两句好诗。”宝玉问道：“什么好诗，谁作的？”宝钗道：“我知道谁作的？”宝玉道：“你念与我听听！”宝钗便念与他听。宝玉听了，便说道：“因昨日他们唱《惊变》，我随便作了两句，又没写出来，你怎么知道？”宝钗道：“你梦里说的！”宝玉笑道：“真所谓‘醉呓语，醒堪怕’！”于是众人也就信了。不提。

过了几日，到了中秋佳节，仍在凸碧堂饮酒赏月。因连年诸姊妹死的死，嫁的嫁，湘云又回家过节，颇觉岑寂，无非应酬而已。

次日便是柳家喜事，宝玉、贾兰、贾环、并贾珍父子、甄宝玉、梅瑟卿等诸人都去贺喜闹房。热闹了一日，都夸赞非柳二爷这样人物，也消受不起这位金氏奶奶。原来这位柳二奶奶就是那年梅瑟卿游虎丘所携的金阿四。此次从苏州过，闻得鸨母已死，就用一千二百银在元和县替他解了乐籍。求梅夫人带进京赠与柳湘莲为妾。

闲话少提，且说薛姨妈年老之人，连日辛苦，在城外住了几天，受了秋寒，勾起老病，服药无效，卧床不起，十分沉重。宝钗、宝琴都回家守病，王夫人、李纨、平儿、探春、湘云等轮流看视。蟠、蝌二人领着家人分头张罗后事，幸而寿木寿衣都是早已预备下的。香菱急的派人各庙烧香许愿。这日正是九月初一，邢岫烟拿着包药到佛堂去。众人只道是祷告神佛，也不理会。过了半天，见他用小银盘托着一盅药，走到薛姨妈床前侍立。薛姨妈睁眼看见，说道：“你们又要我吃这苦水。”岫烟含泪道：“太太吃了这药就好了。”宝钗在旁劝道：“妈妈吃了这药罢，好了是我们大家的造化。”说着上床扶起头来，就岫烟手里一饮而尽。香菱拿过嗽口水来漱了口，依然睡下，合上眼便昏昏沉沉睡去。有四刻工夫，醒来见宝钗、宝琴、香菱、岫烟四个人在床前屏息坐守，便向他们说道："这一觉睡的好舒服，倒像有点饿。"同喜伺候漱了口，众人齐问道："想点什么吃呢?"薛姨妈笑向宝钗道："想点有味儿的吃。"宝钗说："还是喝点粳米粥，等过两天再吃荤的。"于是妯娌两个服侍喝了几匙粥，嫌口淡，宝钗撕了一点笋尖喂了。便说道："我才梦见一位白发老婆婆对我说：'你原该寿终，因你侄妇行孝借寿，再延你二十年寿数。'"说着向邢岫烟点点头儿说："你快给菩萨烧香去。"岫烟答应自去烧香。从此日见其好，不到半月精神复原，倒比从前健壮，一家人十分欢喜。又兼薛蟠生子，自然有许多亲友庆贺。此时二位姑奶奶各自回家，才知道邢岫烟割肉煎药，姊妹二人十分感激。

过了几天，已近贾相国六旬寿诞之期。枢密院早有信来知会赏寿，荣国府上下内外忙个不了。自府门至上房悬花结彩，传了两班新戏。前几日就有众亲友送来寿礼。到了这日五鼓，各具公服等候接旨。至卯正传到信来，贾相国率领子孙暨族中居官者，都在府门外跪接，两边奏着细乐。一时天使到来，原来荣禧堂院里扎了三间彩亭，将御赐物件供在上面。天使宣读旨意：御书福寿字各一方、黄金无量寿佛一尊、白玉寿星一位、翡翠如意一柄、紫檀三镶如意一柄、仇英画《香山九老》一轴、夏珪画《霖雨苍生》一轴、沈周画《富贵长春》一轴、唐寅画《麻姑献寿》一轴、珊瑚朝珠一盘、伽南朝珠一盘，刻丝蟒袍料一件、平金蟒袍料一件、宫锦十二端、一两重金锞一百个、一两重银锞五百个。钦差宣读已毕，贾政朝上谢恩，送天使回朝复命。接连是东平王亲笔一丈大寿字一轴，对联一副，是：

因孝悌传家是必一身增五福，

以忠公治国故能众口祝三多。

西平王送来雕漆屏风一架，上面是金玉珠宝镶嵌的各样形式一百个壁瓶，插满芙蓉桂花。北靖王送来的是一个白玉盆里珊瑚架上翡翠枝叶赤金丝蔓挂着大小一百个天然珍珠葫芦。忠顺王送的是府里新排的一班小戏。余外各有洋酒，不必细说。

西大厅院里搭了戏台，真是筵开玳瑁，褥隐芙蓉。又有众亲戚女卷都在王夫人上房看戏，十分热闹。又说起薛姨妈如何病，邢岫烟如何割肉，感动菩萨延寿二十年，众人听了无不称赞。这日戏文唱的是全本《儿孙福》，都说那徐小楼虽然享福，究竟是寒士出身，那及这位中堂，真是全福。你言我语，趋奉个不了。到晚席散，各自回家。

次日五更，贾相国入朝谢恩。探春、巧姐、湘云、宝琴住下，连看了四五天戏。王夫人留邢夫人在城里多住几天，因大观园芙蓉盛开，诸姊妹也要看花玩耍。谁知因芙蓉一开，又引出一件事来。要知如何，且听下回分解。

第十八回　五儿私乞玫瑰露
王婆夜遇芙蓉神

话说荣国府过了贾相国的寿诞，忙了几天。这日在凹晶馆设摆酒宴，看那两岸上的芙蓉，映着那一片斜阳，另有一种媚人姿色。偏又有几个倦蝶在花间来往，十分有趣。至晚席散，薛姨妈就同湘云住在蘅芜苑。灯下闲谈，便问湘云："你们太太的什么亲戚在山西作官？从不爱出门倒肯出外。"湘云笑道："那里是太太的主意，太太也作不得主，都是我们那位陆令萱，听见舅老爷要接到任上去住几个月，他就一力撺掇。也不管一个太原总兵有多少来项，就想捞钱。"薛姨妈道："人家衙门里自然各有管事的人，如何容亲戚家的下人分肥？"湘云道："姨妈不知道，舅老爷的管家骆提婆是他儿子。"宝钗笑道："妈妈不用信他谣言，不知从那里拉到那里去。可巧他姓陆，他儿子姓骆，自然他主人就该姓高了。谁听你讲北史呢！况且你们陆奶奶，我知道他没儿子。"薛姨妈笑道："我当作真事，谁知是古事！"湘云道："怎么不是真事？虽然不是亲儿子，比亲的还孝顺呢。这一到山西，母子同心，那衙门里就不用想安静了。舅老爷上了年纪，本来是位忠厚长者，舅太太向来不管事，姨娘又是他的侄女儿，如何不是一路呢？"

说着话，只听钟打了十一下。宝钗道："不早了，妈妈明日还要回家呢。"湘云道："难道办满月还用老太太帮着？"薛姨妈道："虽不用帮着，也得早些回去，把我那后房收拾收拾，你们好住。不然，看了夜戏回家，未免太辛苦。"湘云问："几天？"薛姨妈说："家里唱两天，伙计们送一天，听见说柳老二和蒋大爷还要送一天。接你姐妹们听完了戏再回家，岂不省事。”于是宝钗站起身来，说：“妈妈歇着罢！”又向湘云笑道：“你也别叨叨了。”湘云笑道：“请罢。”早有婆子、丫头执灯伺候，只见宝钗走到薛姨妈跟前，说：“三姑奶奶也得留住。”薛姨妈道：“那自然，还要下帖请呢！”湘云道：“你真不落事。”正说着，只听窗外麝月、莺儿的声音，说：“我们来的正是时候。”宝钗问：“二爷进来没有？”莺儿说：“进来好半天了，和他下了两盘象棋。他输了，还要下。二爷教接奶奶来了。”湘云问：“你们大姨奶奶作什么呢？”麝月说：“快交立冬，又犯了病了。”薛姨妈道：“那孩子的身子也是弱。”湘云问：“没吃药吗？”麝月说：“姨太太给的白凤丸，吃着倒好，这两天吐的好些了。”湘云道：“都是那年在怡红院玩火，弄成终身之患。”宝钗说：“越说话越长，没完了！妈妈歇着罢。”于是众人簇拥着自去安歇。这里薛姨妈、湘云也就睡了，一夜无话。

到了次日，吃过早饭，薛姨妈辞了王夫人回家料理。过了两日，就是薛家佛保满月，摆酒唱戏十分热闹。众亲友都去道喜庆贺。贾府上自王夫人起，都去作满月，首饰、衣服、铃铛、寿星、羊酒、如意不必细说。这日因袭人病着，宝钗只带了莺儿、双环，还有两个仆妇，留下袭人、麝月看家。麝月向袭人说道：“都是为你这个业障装死儿，叫我没的戏看。”宝钗说道：“原说你们替换着去，后两天是人家送的戏，还更好呢。”袭人说：“你听见了，这么大还赶脚，也不害羞。”说着，一面着婆子们把包袱等交出安车，这里众人送宝钗到上房请安。

恰好王夫人也收拾完毕，还有李纨婆媳、平儿、蔡如玉，更有各房仆妇、丫环，伺候王夫人上轿，各人上车往薛家去了。

且说袭人、麝月送了宝钗回到自己房中，二人坐下吃饭。袭人只喝了半碗粳米粥，麝月吃完饭。小丫头捧过漱口水来漱了口，将洗了手，只听小丫头说：“柳家五姐姐来了！”二人齐说道：“他来了还用回事？”只见五儿笑嘻嘻的掀帘进来，向二人问了好。袭人道：“久不见你，更出息了。”麝月道：“那阵风把你吹来的？”五儿说：“我实在想你们，皆因不在里头当差，不敢进来。”袭人道：“坐下说罢。”五儿接着说道："今日听见太太、奶奶都出门，所以进来瞧瞧姐姐们。"

麝月叫丫头倒茶。五儿含笑说道："今日一来瞧姐姐们，二来还要讨点东西。"袭人说："你要什么？只要有，就送你。"五儿说："皆因我舅母伤寒病，六七天没出汗，只想玫瑰露吃，这话可别对我妈说。"麝月笑道："你这小蹄子，又不知闹什么鬼？"五儿把脸一红说："有个原故，我告诉你。我原说进来讨点儿，我妈说：'进来瞧瞧姐姐们，还不定有乱儿没有。再寻东西，叫人知道了又是一番口舌！'"袭人道："这倒没要紧，寻药治病也是好事。我这里有姨太太给的一瓶。秋纹上次寻了些去，还剩了半瓶，送你罢。倒是你多坐会，晚上我着老宋妈送你去。"五儿说："我可不能多坐，他老人家这两天正没好气呢。回去晚了，又要骂我了。"

正说着，隔着玻璃见玉钏儿同了彩云进来，玉钏笑着说："有客来了。"说着进来，看见五儿，说："嗳哟，你打那儿来？"袭人道："我还要问你，你们俩怎么走到一处？"玉钏道："听见你欠安，早就要来瞧你，这程子竟忙满月的活计。"麝月道："瞎话，那些针线上的还用你做？"玉钏道："虽不作，比做还费事。太太出的样儿还得我告诉他们，不然就做错了。"彩云道："我们那边两个细针钱上的，一个害眼，一个告假嫁女儿去了。都是我们娘儿三个做的，那一个五子夺魁的围嘴儿，就是我扎的。"

五个人正然说笑，忽见二门上的老婆子回道："姨太太给二位姑娘送来一桌果子，还有六盒子：两盒点心、两海碗、两大盘菜。"袭人说："着小幺儿们挑进来交内厨房，明日再取家伙罢。"便叫小丫头拿了两吊钱，说："你对来人说，我们两个给姨太太磕头，这钱是送他喝茶的，你可别说是赏的。"

婆子答应去了。麝月笑道："可巧今日有客来，又得吃食，咱们热闹会子。"袭人道："真可是难得你们都有空儿。"回头问五儿："你才说你妈为什么没好气？"五儿道："这几天下班儿，找东院老王奶奶要输赢账，他饶是不还钱，还说了好些闲话。"正说着，只听院里拐棍响，小丫头说："东院老王奶奶来了。"

五儿站起身说:“我不见他!”就往东里间去。袭人道:“我也怕他说话,就说我病了。”玉钏说:“他见了我,横竖不能多坐。”小丫头掀起帘子,王婆进来。三人迎着问好让坐,齐问:“你老人家今日好闲在!”王婆道:“太太在园子住,我们整天家没事。”玉钏儿道:“为什么不找解闷儿事作?”王婆道:“你还说呢,那天凑了几个人,原是解闷儿,谁知他们就当件正经事。”麝月问:“你老人家输了赢了?”王婆道:“其实才输了几吊钱,他们就当账要,你说可气不可气。”又问:“花姑娘、莺姑娘呢?”麝月笑道:“奶奶都带了听戏去了。”王婆道:“不是我说,要去都去才是!”玉钏儿道:“你可说呢。”王婆道:“我找花姑娘寻药,我们亲家痰气,要寻儿丸活络丹。”麝月道:“这可没有。”玉钏儿道:“为什么不向你们二奶奶讨去,药库里什么药没有?”王婆道:“我没那么大工夫和他张口。”玉钏儿说:“嗳哟,这又奇了,难道你不拿他当奶奶待?”王婆道:“几天的陪房丫头,不知怎么哄动了二爷,又遇着我们那位傻心肠儿的奶奶收在屋里,如今扶了正,想和我拿主子的腔儿,可不能。”玉钏儿道:“怪不得那年为晴雯的事,二太太说你直爽。”王婆道:“提起晴雯那丫头,实在没出息,永远瞧不起人。好容易死了,还有人说作了花神,我不信有那样浪神仙,不像姑娘们这么和气。还有一个讨人嫌的,就是柳家的五丫头。模样儿和晴雯一样,见了人更酸,将来也不是个好货。我从小儿跟大太太,后来出阁的时候陪过来,直到六七十岁,总是这么一个劲儿。不然,主子、太太都说我好。”玉钏儿笑道:“原来你老人家的出身也和我们一样,怪不的倒肯这么丫头长丫头短的。”说的麝月、彩云一齐大笑起来。王婆道:“你们不用笑,要不是又能干又好,就这样靠的住了。”麝月笑道:“若不靠的住,就把家交给你了。”说着三人又笑起来。花、柳二人在屋里听着又是有气,又是好笑。

忽听二门上婆子问道:“王奶奶在这里吗?大太太打发人取东西来了。”王婆答应着站起身来,玉钏儿说:“快去吧,看等着用。”才走到门口,回头向玉钏儿道:“二姑娘,告诉你妈,今儿晚上在园门口班房里还有一局呢。”玉钏道:“我妈跟太太出门了。”王婆道:“不忙,五天的工夫呢。”说着自去。这里袭人同五儿出来,说道:“这是怎么说,找到屋里来惹气，快卷起帘子出出这酒臭。”麝月道：“别管他，咱们吃饭罢。”于是摆上果菜，五个人坐下。又叫小丫头把宋妈叫来说：“你到柳婶子家，就说我们四个人留下他们姑娘掷骰子，晚上着你送他回去。”老宋答应去了。柳家的听见这四个人同他女儿玩耍，如何不乐从。

且说袭人等一边吃着饭，一边便说王婆方才的事。五儿说道：“他说琏二奶奶也罢了，不知他们的事。我又不招不惹，管我像谁，既说像晴雯，我就替晴雯报仇，收拾收拾这老蹄子。”玉钏儿道：“你还没听见他背地里批评人呢，说我在太太跟前比鸳鸯伺候老太太时候字号还大。太太的东西都在我手里，所以总要和我妈要钱。说我们娘儿们在太太跟前站的起来。”麝月向彩云道：“才是咱们两个，要是你们赵姨太太那脾气儿，嘴巴子早上了脸了。”彩云道：“那会子要是大老爷留下他，他就不这么说了。”玉钏道：“想是大老爷不爱那个扁鼻子。”麝月问：“你有什么法子收拾他？”五儿向袭人道：“我记得芳官的行头不是还收着吗，你找出来我自有用处。”袭人道：“算了罢，别闹了，看上头知道。”麝月不等说完，站起身说：“你不用说，拿来必合你的意思。”便带了两个小丫头去了。

彩云道：“闹晚了，看二爷回来。”袭人道：“今日值宿，早起去道了喜就上衙门。”玉钏道：“怪不得这样闹法。”只见麝月拿了一件舞衣、一围宫翘、一条裙子，还有一件绣花短袄、一条彩裤。笑嘻嘻对五儿说道：“对不对？”五儿笑道：“好极了！”众人问道：“要唱那出？”麝月道：“都知晴雯作了芙蓉花神，他扮作花神，我扮作童儿，到园子里等他，泄泄这口气。”五儿道：“不用远去。趁着月色，在芙蓉花下等他。他每日要完了，为抄近，这是他必由之路。”玉钏道：“难道不怕听出声音来？”五儿笑道：“我跟着芳官学过几句戏，就照戏上道白，他那懂得？童儿不用说话。”于是五人吃完饭，又说了回闲话。天已黄昏，麝月、五儿提了包袱，到老宋妈屋里去装扮。这里玉钏、彩云各自回去不提。

且说麝月、五儿二人装扮起来，宋妈问：“姑娘们要唱那一出？”二人嘱咐千万别说。听了听，已交三更。便悄悄走到芙蓉树下，看那一轮明月照如白昼。远处只听拐棍响，就闪在树影里。只见王婆叨叨唠唠一人走来，麝月在前，五儿在后，迎到面前说道：“王婆！今日相逢，断不能饶你。我与你无冤无仇，你是大太太的陪房，我是老太太的丫头，拨在宝二爷屋里当差，与你毫无干涉。你在太太跟前造了多少谣言，生生把我气死。如今虽作了芙蓉花神，此仇不能不报，定要追你狗命！”王婆也不知是神是鬼，捣蒜似的磕头：“只求神仙娘娘饶命，再也不敢造谣言了。”五儿道：“既是苦苦哀告，暂且饶你。待我奏知玉帝，下世罚你脱生个母猪，横骨擦心，终日在烂泥里打滚，永世不得人身。但是，死罪已饶，活罪难饶。童儿，将他掌责一顿！”麝月走去揪住头发，用力打了几个嘴巴。打的那婆子怪叫。五儿眼尖，见远远树林一片灯光，就知李纨回来，便说道：“童儿暂且饶他，时刻已至，随我回仙宫去者。”

二人便向假山后，回到宋妈屋里卸了装，叫宋妈趁人乱送五儿出去。他也就卷旗息鼓，回房去了。不知王婆如何，且听下回分解。

第十九回　梅花雪啜茗怀人　消寒诗食瓜夺彩

话说五儿、麝月将王婆作践了一番，见远树梢头灯光，就知李纨回来，各自散去。那王婆还在地下躺着哼哼。李纨走到跟前便问："是那个婆子喝醉了？"叫人用灯一照，是大太太那边老王，命人扶起他来，他口里还求娘娘饶命。李纨说："王妈，你怎么了？"此时王婆才听出是李纨的声音，说："大奶奶回来了。我到门上找人，回来将走到这里，看见两个女鬼，吓的我就跌倒了。不是奶奶这位福神，老命还没了呢！"李纨听了这话，早已明白了几分，说道："妈妈快别说这些神呀鬼的，看上头听见，这是你眼离。"就叫人送他回去。李纨一路暗想，不知是谁和他玩笑。回到房中喝茶、洗手安歇。小兰大奶奶也就回房去了，一夜无话。

次日梳妆已毕，薛姨妈又着人来请看戏，一连热闹了四五天。接连又是探春婆婆的生日。不知不觉残秋已过，又到冬天。

这一日薛姨妈来道乏，周太太谢寿。到晚饭后客散，宝钗约李纨去闲谈。到房中坐下喝了茶，李纨便说起那日从姨妈家回来，遇见王婆的事，大家笑了一回。宝钗道："不用说，一定是我们这屋里淘气的干的这营生。"麝月笑道："谁那么大工夫和他惹气？"李纨道："别管是谁，以后这个玩法不甚相宜。"宝钗道："真可是，闹的上头知道可了不得。"于是又说了回闲话儿，早有稻香村的婆子们掌灯来接，李纨回房不提。

这里宝钗才卸了妆，见宝玉自己提着个极精工的小玻璃灯，就是那一年下着雨，宝玉到潇湘馆去，黛玉所赠。宝钗站起身来，宝玉说："请坐。"便把灯笼交与袭人说："小心着别碰了。"袭人接过灯来说："二爷也知道心疼东西了！"宝钗瞅了袭人一眼，便问宝玉："听见说琏二哥到园子去请安，你去不去？"宝玉说："大老爷欠安，自然得去。天阴的很沉，只怕是下雪。"又说了几句闲话，同归锦帐安歇。

次日一早，宝玉到上房请了安，就同贾琏、贾环、贾兰到隐园请安，至晚方回。宝玉同环、兰二人到上房见了贾相国、王夫人，回明大老爷是着点凉，无甚大病，又替邢夫人问了好。说琏二哥过几天才回来，回完了话，各自回房不提。次日平儿带了贾苓去请安，住了六七天，俟大老爷病好，才回来。

冬天日子短，不知不觉到冬至前一日，下起雪来。早饭后，都在王夫人上房闲谈，要接薛家婆媳、宝琴、探春来赏雪。正说着，见惜春的孟嬷嬷带着个小丫头，拿着两枝红梅花进来，请了安，说："这梅花今日才开，姑娘孝敬太太的，比往年开的迟些。"王夫人说："虽然迟，朵儿可大，不知园子里怎么样？"孟嬷嬷说："奴才来的时候一路瞧着，有几棵高枝儿上才有半开的。"又说道："姑娘还说：'等雪晴了。太太高兴，请到庵里去看看梅花。'"王夫人笑道："我要接姨太太、姑奶奶们，等他们来了一同过去。你替我问姑娘好！"嬷嬷答应了，才要转身，王夫人说："你等等。"便叫玉钏把那佛手、冬笋装两盒子给姑娘带去。玉钏装好盒子，向孟嬷嬷说道："孟奶奶，我看怎么拿？"王夫人道："他自然不好拿，叫二门上的小幺儿拿着，跟了他去。"于是孟婆回栊翠庵去。

这里王夫人差人请薛家婆媳、探春、宝琴明日来赏雪过节。

湘云便对李纨、宝钗道："趁着这雪去看梅花，不然晴了就没意思了。"李纨道："你忙什么，索性等他们来了，大家同去岂不有趣？"正说着。婆子进来回道："打发去请姨太太、姑奶奶的人回来，三处都是请安问好，明日不能早来，等上了供才来呢。"王夫人道："自然不能早，我们也要拜祠堂上供呢。"

只见平儿走到王夫人跟前，请示明日预备什么。王夫人道："都不是外人,除了馄饨,再传几样可吃的就是了。就是那些野味也可以配着上,倒有意思。"平儿笑道:"太太提野味,我已经给史大姑奶奶留着一条鹿腿呢。"众人听了都笑起来。湘云说:"我烤鹿肉吃倒不要紧,你又得费工夫寻找镯子。"说着便向王夫人道:"婶娘,瞧嫂子们竟欺侮我!"王夫人说:"以后他们再怄你,你就告诉我,罚他们的东道,咱们娘儿俩吃。"玉钏笑道:"太太这个办法很好,太太、姑奶奶吃剩下的我们好吃。"李纨说:"我从来不怄他。"宝钗、平儿齐说道:"他那嘴头子饶骂了人,还笑话人不懂,谁还敢欺侮他!"正然说笑,小丫头说:"老爷进来了。"于是众人屏息无声,贾相国说:"连日瑞雪,可谓丰年有兆了。"又说了回闲话,各自回房。

次日正是长至节,贾相国五更进内朝贺去了。王夫人也就早起梳妆,领着儿孙媳妇过东府拜了祠堂。回来又在贾母遗念前上供行礼毕,将吃了早饭,人回:"姨太太、大奶奶来了。"因雪大,都在廊下迎接。只见薛姨妈披着宝蓝洋呢斗篷,戴着蓝呢雪罩;香菱是大红洋呢斗篷、雪罩。众人迎着请安问好。

进房坐下,李纨递了姨妈的茶,曾文淑递了香菱茶。王夫人问:"二奶奶怎么没来?"姨妈说:"身子不方便,我不教出门。"王夫人问:"几个月了?"姨妈说:"有三个月了。"李纨说:"怪不得,上次来他说有点不舒服呢。"正说着,又回:"琴姑奶奶、三姑奶奶来了。"话未了,宝琴、探春从外边就说说笑笑进来。宝琴穿着件金碧辉煌褂子,是那年在大观园赏雪,贾母给的。探春也穿着件五色绚烂的雪衣。大家请安问好毕,平儿就问:"二姑奶奶这件衣裳怎么还穿得?"宝琴说:"可不是短了,前年我们大太太带到南边收拾的。"又问:"三姑奶奶这件是什么的?"探春说:"我还不知是什么的,那年在海疆买外国的。"王夫人说:"我瞧也不像中国东西。"湘云说:"总没见穿过!"探春说:"没遇见下雪,所以没穿。"平儿请示:"传点心罢!"于是吃了点心。

此刻雪已微住,众姊妹要到惜春处看梅花。王夫人说:"看地下泞。"李纨说:"传给园门上的婆子们打扫呢。"于是一同起身。薛姨妈说:"替我问好,等晴了过去瞧他去。"李纨等答应,就往大观园来。进了门,见那山石树木一片银装,顺着细路往栊翠庵来,风过处一阵清香,抬头看时,墙头上探出横枝开满的红梅。到了庵门,早有几个婆子在那里扫雪。进了门,惜春迎出,大家问了好。见小丫头蹲在廊下搧风炉。进房坐下,丫头们倒了茶来。宝琴说:“好香茶!”湘云说:“只怕也是梅花上的雪水。”惜春说:“这还是妙姑娘积下的。”香菱叹道:“可惜,那样个人不知作何结果了?”宝琴道:“他的秉性孤高,未免太傲世些!”惜春说:“他本来是那冷脾气。”探春说:“如今也不知是死是活。”惜春说:“我前日还梦见在一个高山顶上和他下棋。”话未说完,见宝玉进来说:“不用下棋了,作诗罢!”众人起身让坐。

宝玉从怀里掏出一张笺纸,写着“消寒九首”的题目,说:“这是老爷拟的,知道今日姐姐、妹妹都在这里,说不必拘,每位作一首也可,作九首也可。派了大奶奶誊录,琏二奶奶办供给,作得了交上去,老爷评定甲乙。琏二嫂托我说,他在芦雪亭等你们。快走罢,天不早了,闹到点灯就要抢卷子了。”众人站起身要走,惜春说:“恕不远送了!”

于是大家竟往芦雪亭来,见平儿早已预备下点心酒果,笔砚笺纸。宝玉把题目贴在中间:《寒窗》得风字,《寒砚》得冰字,《寒灯》得光字,《寒月》得天字,《寒云》得多字,《寒山》得岚字,《寒江》得流字,《寒鸦》得飞字,《寒林》得枝字。只见湘云拿着笔,口里说道:“有僭了。”先把《寒窗》《寒月》《寒鸦》三个打了个尖圈子,底下写个“云”字。宝琴说:“也够了罢。”接过笔来把《寒林》《寒云》也圈了,写了个“琴”字,说:“还有那位?”探春笑道:“他作三首,你也作三首!”宝琴说:“这两首就够把结的了。”

于是探春就把《寒山》《寒江》圈了,写个“探”字,把笔递与香菱说:“诗翁,该你了!”香菱笑道:“我可不能,比不得咱们玩,这我不敢!”便向宝钗道:“姑奶奶作罢。”李纨说:“依我说,你们二位每人一首就完了。”于是香菱占了《寒灯》,写了“香”字。宝钗接过笔来就把《寒砚》圈了。

李纨一回头,问:“送题目的那去了?”婆子说:“奶奶问宝二爷呀,众位说着话,没听见老爷叫会客去了。”李纨笑道:“我说呢,这么安顿!”

只见湘云等一边吃酒一边作诗。不多时,都送到李纨面前。用一张大冰纹笺纸写上:

寒窗得风字

斗室虚明暖气融,坐闻庭树怒号风。
几竿瘦竹摇寒碧,一角斜阳抹淡红。
败叶乱敲声淅沥,冻云低压影朦胧。
天光更觉黄昏好,窈窕凉蟾挂半弓。

寒砚得冰字

帘风窗纸共凌兢,冷到书帷第几层。
鸜鹆眼昏朝有泪,凤凰池浅夜初冰。
凹藏宿墨寒云聚,匣启新晴暖气升。
收拾案头残画稿,闲教呵冻写吴绫。

寒灯得光字

街柝敲残夜未央,银缸掩映近藜床。
冷侵翠被三更梦,疏透晶帘一豆光。
暗牖风来花琐碎,短檠烟烬影凄凉。
阿谁更向窗前卜,奇吐双葩喜欲狂。

寒月得天字

凄凄如水复如烟,云净风清别一天。
桂冷无花摇镜面,梅疏扶影到帘前。
乌惊老树窥霜下,鹤守空庭藉雪眠。
此夜不知寒几许,欲从高处问婵娟。

寒云得多字

木落空林水不波,冻云无力被山阿。

淡烘斜照迷鸦阵，浓挟寒烟压鸟窠。
漠漠长天归去懒，沉沉幽谷聚来多。
知因酿雪饶情态，满目氤氲望若何。

寒山得岚字

遥天隐隐接浮岚，如睡峰峦态更憨。
朔雪乍飘疑傅粉，晚烟微漾忽拖蓝。
崖悬碎薜毁红乱，岭秀孤松冷翠酣。
此是山灵真面目，冲寒谁与试同探？

寒江得流字

丹枫落后大江秋，又见烟波带雪流。
就暖鱼虾浮水面，惊寒鸥鹭聚矶头。
澌澌冻合渔人网，格格冰胶占客舟。
最忆富春江上叟，一竿无恙老羊裘。

寒鸦得飞字

三三五五聚成围，风雪飘摇何处归。
晓角城西声历乱，夕阳天半影希微。
江枫冷落和双宿，苑柳萧条绕月飞。
指点寒山烟树里，丈人屋在好相依。

寒林得枝字

红叶飘残又几时，连林烟树郁寒姿。
森森远露峰千点，隐隐低悬日半规。
樵径荒凉人散早，巢痕冷落鸟归迟。
朝来忽觉琼瑶灿，瑞雪纷纷缀满枝。

李纨写完了诗，将原稿各人拿去。这里用封套封好，放在个文竹小匣里，外面又封了口。将收拾完，只见贾兰打着把红绸雪伞，口里说

道："抢卷子来了。"李纨说："快拿去罢！"贾兰捧了匣子笑嘻嘻的去了。

这里众人吃着饭，评论那句好，那句诗中有画。湘云便问："薛大哥又往那里去了？"宝琴道："没出外，前日还到我那里去来。"宝钗说："不用理他，那又不是好话。"湘云笑道："怎么不是好话？皆因薛大嫂这句诗，所以才问说的！"大家都笑起来。香菱脸一红，说："难为你还作了会子师傅，早些说，我好改改。这是怎么说呢？"李纨说："没要紧，罚他依韵再作九首。"

正说着，远远两个人，后边跟着个人，仿佛挑着什么似的，走到桥边放下。就有听差的婆子接来，跟在宝玉叔侄身后。宝玉说："送礼来了。老爷说这是上赏的，问《寒窗》《寒月》《寒云》《寒鸦》这四首是那位作的？就送那位。打开看时是一盒福橘，一盒苹果，一个燉煌瓜，一瓶蜜渍荔枝。贾兰把诗打开，大家同看：《寒窗》《寒月》两首密圈；《寒云》圈了中间两联；《寒鸦》圈了后六句；其余也有圈的，也有点的。宝玉问："这四首到底是那位作的？"各人都把原稿拿来同看。宝玉说："可惜那年的菊花诗，老爷没看见。若是看见，不知怎样批评。竟不知是谁夺彩呢？"宝钗瞅了一眼，恐怕湘云听见。李纨说："偏你有这些陈谷子、烂芝麻的。"湘云说："别管那些，横竖我作了相国的第一门生了。快把那瓜切来！"探春说："小心肚子罢，别乐大发了！"湘云说："今日地炕太热，作诗又着急，倒是吃点凉的好。"于是大家吃了回果子，天已不早。此时雪已住了，涌出一轮明月，真是雪月交辉，照的大观园如同白昼。众人又看了回月色，各自回房。

次日是李纨、宝钗、平儿、如玉四个人作东，请王夫人、薛姨妈、李婶娘在园子里看雪后的梅花，又热闹了一天。这荣国府诸位闺秀竟不去作那"刺绣五纹添弱线"的女工。每日无非说说笑笑，就把光阴虚度。不知不觉残冬过了，又到新年。

不知荣国府如何过年，且听下回分解。

第二十回　万柳庄恶奴欺主
会仙桥老舅遭拳

话说荣国府过新年自有一定的规矩，无非是摆酒、唱戏、庆元宵、放烟火，不必烦叙。且说那隐园主人自从去冬一病，虽然服药有效，渐渐的变成了半身不遂的病症。贾琏又有官差，又管着荣府的事务，竟是鞭长莫及。所有这隐园的内外上下都交给管事的吴振志、林忠二人办理。这吴振志就是吴新登的侄儿，林忠是林之孝的儿子。这两位奴少爷自幼见的都是些王孙公子，讲的都是些吃穿花用，所以把那纨绔习气熏染个透熟，如何能老诚持重约束下人。终日里两个人吃酒，看牌，吸食鸦片。所有那些散众也就效尤，先还是偷着要钱，后来就开局聚赌，抽头钱。常言赌近盗，此话不虚，输急了商量偷窃。

这日正是月黑天，到三更之后，都拿了棍棒，先把吴、林二人捆起，嘴里塞了棉花，就把账房银钱抢掠一空，把那些账簿掷了一院子。有个车夫张二，因他身量高，都叫他长张。这长张性情直爽，不与那些人合群。这夜听见闹贼，他不知有多少人，他就跳了墙，往韦村去调兵。

你道这韦村是谁？就是现任琏二奶奶的乃翁，因平儿扶了正，那王府上不肯使唤，赏了几千银子，在家养老。他就在离城二十里买了块庄子，盖了几间草房，老夫妻二人带着十八九岁的儿子，也养着百数个庄客。年老之人，又兼夜长尚未睡着，只听犬吠，就叫小小厮福寿出去看。不多时，同了长工安祥进来说："老爷子起来罢，贾大太爷那里闹贼呢。"韦老忙忙披衣起来，说："安伙计，你筛起锣来！"原来这韦村西南一里多路，地名杜家洼。杜老者是本处土财主，年纪有八十多岁，九个儿子，十六个孙子，八个重孙子，专做好事。这一村里并无别姓，都是他杜家的人，就是耕种锄刨，甚至放牛赶车，尽是他家的子弟。这杜老者与韦老者莫逆之交。

这夜听见锣声，就叫他儿子杜三带了五六十名子弟兵，拿了器械、灯笼，直奔韦村。这里韦老者迎到草堂上，灯影里一看，说："三相公你父亲好哇！"杜三作了个揖说："我父亲听见锣声，知道不是本村有事，你道这是何说？原来他们约下的暗号，若是本村有事，是鸣双锣；若是邻村有事，鸣单锣。所以杜老知道不是本村。杜三就问："不知是谁家有事？"韦老说："是贾大老爷园子里！车夫长张来送信。"杜三说："这事闹起来可不轻。他们搬下来的时候，风闻就有人打算。事不宜迟，大叔这里再派几个人同去。"韦老说："已经有了四十人，还有我们安伙计。奉托老贤侄辛苦一趟罢！"杜三笑道："邻邦相助也是该的。"忙着喝了一口茶说："走罢！"于是韦、杜两家百十多人飞奔隐园。

且说这里的贼见无人出头，放大胆还要往里去，并未防外援。众人到了园门，见门还关闭，长张仍旧跳进墙去。开了门，众人一拥而进，给了个凑手不及。就有眼尖的，瞧见那灯笼上有韦村、杜家洼的字样，早就吓酥了，如何敢交手？所以一个也没跑脱，银钱东西全然未失。拿住贼之后，贾家的下人才出来帮虎吃食，把贼都捆了，就各处去找管事的。找到土山后，两个人馄饨似的缩作一团，放开绳子，才把嘴里的棉花掏了出来，二人已是面无人色了。长张说："先把他们二位搀到屋里去罢。"

此刻天已大亮，看了看，三十多人，倒有一半是自己家里的。为首的姓包，就是那年史太君出殡，荣府失盗，追贼的包勇的兄弟，名叫包强。因他会几路拳脚，求了贾琏，就派在隐园看门。谁知他不安本分，引了些毛贼来偷窃。这杜三相公见本家没人出头办理，他就作了主：一面叫人去报官，一面叫人进城到宁荣两府送信。这本汛的千总，听是副提督家失盗，忙忙带了几名营兵赶来伺候。杜三见了千总，拱拱手说："总爷来了。我交代明白，连贼带赃一样不短，我要失陪了。"那千总也不知如何回答，惟有诺诺而已。贾家下人说：“杜三爷别走，等见了我们的爷们再走。”杜三说：“我们不过是邻村，听见这里有事来帮忙，如今贼也有了，赃也有了，本府的人也出来了，营里官兵也到了，还有我们什么事？大太爷上头也不敢惊动，说请安罢。”说完，同了安长工带着众人竟自去了。

将近晌午，只见贾琏飞马而来，进了园门直到二门下马，与父母请了安，就问这事。贾赦因病着不爱说话，说：“问太太罢！”邢夫人说：“外边事里头一点不知，今日早起开二门才知道。亏了韦亲家，还有个姓杜的来了一百多人，把贼都拿住，又把吴振志、林忠救活。多一半都是家贼，东西一点没丢。说是营里的官兵都在这里看贼呢。”贾琏说：“我进来的时候，见门口有几个士兵站着，想来是等他们上司呢，珍大哥也快到了。”正说着，贾珍、宝玉、贾环、贾蓉、贾兰进来请了安，邢夫人又把对贾琏的话说了一遍。贾珍说：“但是那两个活死人管作什么的？可见素日不能约束众人，才弄出这样事来。”贾琏说：“总得重重的打。”只见贾蓉走过来说：“外头回进来，千总请示。”贾珍说：“请示什么？交他带到衙门去，官事官办。虽然赃未入手，这里头可有自己家人。过了部自有定律。”

贾蓉自去传话。贾珍笑问宝玉等说：“惟有绿营的官，那一种卑鄙下流！你们才看见迎着我的马请罪，求大人施恩。你说可笑不可笑？实在难看。”贾琏说：“不过是怕得处分。”贾珍说：“这也不管他，倒是你好好的派两个妥当人要紧，把那两个没用的换回去。今日你到韦、杜两处去道乏就是。那赶车的可得赏他几两银子。”贾琏说：“我想着也是这么，赏这一个，打那两个。”贾兰笑道：“打什么？已竟成了鬼了，叔叔没瞧见？直走了人样子了！”邢夫人说：“也不用打，换进城就是了。”说着摆上饭。大家吃了饭，贾琏去拜客，贾珍、宝玉等进城。又有王夫人打发老婆子来看邢夫人，又有亲友家听见这事都来压惊探问，真是两句俗言“贫居闹市无人问，富在深山有远亲”。隐园热闹暂且不提。

且说邢夫人的兄弟邢大舅，这一天同了几个无来由的朋友出城喝野茶，顺路要到隐园去看姐姐。那万柳庄东北上有座会仙桥，临河开了个茶馆，叫作会仙居，外面搭着大天棚。沿河都是槐柳，也有几树桃杏，就把那几个朋友安置在茶馆里，他就往隐园去了。

那知姐夫、外甥都不见，只有邢夫人淡淡说了几句话。不好久坐，回来一路上想着甚觉无趣。到了茶馆，就在天棚底下拣了张桌子坐下。要了些酒菜，就和跑堂的说话。问道："新近你们这南边闹贼的事。"跑堂接着说："那就是贾中堂的一家儿。听说本主儿又老又病不管事，都是底下那一群混账行子，狗仗人势在这一带闹的利害，正经家里有事，就不敢出头了。亏了韦村、杜家洼两处，才替他们把贼拿住了。"众人指着邢大舅说："这位邢大太爷和贾府上是至亲。"跑堂听了这话，恐怕言多语失，搭讪着去换热酒。又问："添什么菜？"这里喝着酒，看那柳树下有些孩子捞鱼虾玩。只见西边烟尘滚滚，车驰马骤，到了铺子前站住，齐下了车马。

原来是两位势家恶少爷，带着三四个优伶，跟着一群豪奴，从西山一带游春回来。也就在天棚底下占了两张桌子。跑堂陪着笑说："后头有雅座，请爷们里头坐。"那公子说："这里敞亮，就在这里罢。"要过水牌来，点了几样菜说："不用你们的酒，我们火食挑儿上带着陈绍呢。"就有家人用小铜盆打了水来擦脸。不多时，掇上菜来。又有自己带来果盒，金华火腿、香糟鲥鱼，又买了些活虾烹来下酒，三呀五的猜起拳来。

这边座上看着眼热，又不敢过去亲近，未免说了几句不知好歹的便宜话。那边如何肯受，也就骂了出来。这几个朋友见风头不顺，一个个的都溜了。剩下邢舅太爷，酒已喝沉，还在那里乜乜邪邪看着，嘴里说道："太爷搅搅的时候，你们这一群还没出世呢！"只听那边说："拉出去打！"过来两个豪奴，就把邢大舅拉到桥边大道上拳打脚踢。这一群人也就跟了出来，站在上坡上看着。幸而家人里有个知世务的，怕打出事来，在那里无非是虚张声势的吵嚷。

正然闹着，正东上来了一群马、两辆车，跟的人背弓持箭，原来是贾环、贾蓉带了弓箭找贾琏去射鹄子。远远见土坡上站着几个人，大道上一团土。贾环一催马，到了跟前，见是邢大舅，说："别打！"那边的下人认得贾蓉，也就住了手。贾环说："问他们怎么样？"贾蓉说："三叔，等我问他。"此时坡上的人也都赶过来，有一个姓张的是冯紫英的外甥，所以认得贾蓉。见众人都下了马，围着邢大舅，就知是打出岔儿来了，赶过来向贾蓉拱拱手说："大哥，久违了！"贾蓉问："为什么事这样动怒，不知舍亲怎么得罪了？"张公子说："无非都是酒后口角。不知是令亲，还同着几个人，说的太不像了，所以彼此分争起来。"作了个揖说："多有得罪，明日亲到府上请罪！"贾蓉叫跟班的："把舅太爷搀起来，用我的车送回去。"

舅太爷见了贾家叔侄，不好意思，倒装出那昏迷不醒的样子，躺在车上，又派了个跟班的送进城去了。这里贾家叔侄上了马，贾蓉在马上哈了个腰儿说："再见罢。"过了桥一直的往西南去了。到了隐园，见过贾赦夫妻，说了些城里请安问好的话。就到书房见贾琏去，二人就将会仙桥打架的事说了一遍。贾琏说："那么大年纪，总爱在外头惹事。有一天，我在大街上见他同着几个不对眼的人在一个饭铺子门口吵嚷，我装作没瞧见就过去了。"贾蓉笑道："叔叔不知道，我命中注定犯劝架。那年薛大爷在苇塘里挨打，也是我把他弄回家去的。今日舅太爷又着我碰见了，这不是命中所犯吗？"大家说笑了一回。吃了晚饭，在箭道里射了回鹄子，就在书房住下。次日早饭后，见过贾赦、邢夫人，贾琏弟兄、叔侄三人一同进城回府。不知府中又有何事，且听下回分解。

第二十一回　颤莺篦如玉吹笙　啭莺簧双红度曲

话说贾琏叔侄三人从隐园回来，到荣国府给王夫人请安。恰巧姊妹、妯娌们都在上房闲谈，彼此请安问好。不多时，宝玉、贾兰也回来。贾琏就说起邢大舅挨打的事来。王夫人说："这是怎么说？那么大年纪了，也不知打的轻重？"贾环笑道："横竖也够他受的。"王夫人向贾琏说道："你打发个人去送几两银子看看。"贾琏笑道："这倒好，挨顿打就得银子，明日我也出去招打。"王夫人笑道："下作东西，也不怕小婶们笑话。"贾琏说："妹妹们不笑话我。"尤氏说："还有侄儿媳妇呢。"贾环说："要不是老蓉，再不能白打白散。"贾蓉说："倒不是怕事，我同着叔叔出去闹事，不用说外头，家里那顿打就足了。我可和谁要银子呢？"说的都笑了。宝玉说："亏了我没去！"尤氏问道："你去了怎么着？"李纨笑道："自然是帮着打呀。"宝玉说："我最怕打架的，不信问兰哥。"贾兰说："有一天，下衙门走了不远，遇见打架的，顶马知道脾气，绕着小胡同回来。"尤氏说："要派你出兵打仗呢？"宝玉说："横竖我一辈子不当那差使。"说的都笑了。王夫人说："你们去罢！好让我们解闷。"贾琏等答应着退出。

玉钏问："作什么？好预备。"尤氏说："人多摇摊好。"王夫人说："那倒有趣！"尤氏笑道："我的主意总合太太的心。"李纨说："既是这么着，明日你就告个长假，过来伺候太太，保管你又不愿意了。"说的连丫头、老婆子都笑了。

只见二门上的婆子拿着个红帖子回道：“王大爷家大相公成家，请太太、琏二奶奶吃喜酒。”玉钏接过递与王夫人看了，问道：“他们家谁娶亲？”平儿说：“想来是板儿，那两个还小呢！”王夫人说：“只好你去罢。我出四十两银份子，再送份礼。”平儿说：“送礼也就是一坛酒、一只羊、两挂百子鞭、五斤一对的喜烛。那么远怎么去？”王夫人说：“只好住四五天，看看乡下娶亲的热闹，回来说给我们听。”

正说着，回进来二位亲家太太来了。才说了个：“请！”只见薛姨妈、李婶娘一同进来，有几个丫头、仆妇跟随在后。众人迎到院里，请安问好。王夫人问：“怎么二位同来？”说着进房坐下。薛姨妈说：“亲家太太到我那里，说要到这里来，所以就一同来了。”奶奶们递了茶，玉钏笑道：“又来了两位送钱的老太太。”薛姨妈见桌上摆着筹码盒子，就知是摇摊，便问玉钏：“你怎么知道我们送钱？”玉钏笑道：“姨太太那一回要不输呢？”尤氏问：“谁摇哇？”李纨说：“你摇罢！”尤氏说：“我押，叫琏二妹妹摇！”于是大家押起摊来。玉钏算账，增福打水钱。玩了半天，到吃饭时候一算账，庄上赢了一百七十六千有零，薛、李二位太太倒输了六十多千。薛姨妈问玉钏说道：“你可说着了！”玉钏笑道：“我们琏二奶奶下村的盘缠有了！”薛姨妈问：“二奶奶上那去？”王夫人就把王家请的话说了一遍。湘云问道：“那刘姥姥不知还有没有？可惜那《携蝗大嚼图》没画完，明日叫四妹妹找补上，传到后世竟是一段佳话。”宝钗说：“你何不就作一部大观佳话。”湘云说：“叫我作，我这一枝春秋笔可不留情。”宝钗笑道：“自然是寓褒贬、别善恶。”李纨道：“好熟《三字经》。”宝钗说：“皆因这两天芝儿念呢，不然也就忘了。”于是大家说笑了一回。吃了晚饭略坐了坐，李婶娘住稻香村，薛姨妈同湘云仍在蘅芜苑住，尤氏回东府不提。

且说湘云同薛姨妈回到蘅芜苑，那掌珠姑娘还等着见姥姥，把个薛太太乐的搂在怀里就问：“我给你带来的玩艺儿瞧见没有？”嬷嬷说：“外头交进四个匣子，说是太太给妞儿的，我们等奶奶回来才打开呢。”薛姨妈听了这话，更疼的不知怎样才好，说：“快打开，给我这宝贝看看。”原来是四个极细巧的自行人儿，说这是大舅舅带来的。湘云说：

“难为大哥，有这耐烦儿。”薛姨妈说：“听见还有个会飞的，须得大院子才放得。他要送这里姨妈呢。”又说了几句散话，各自安歇。

半夜里下起雨来，到了次日，仍是濛濛细雨。那满院是芳草经了这春雨，浅黄、深碧，映着那石上的苍苔，十分有趣。

将梳完了头，见园门上的婆子拿着封信说：“这是山西随折差来的。”湘云看完，递与薛姨妈看，说：“忙什么，还都小呢！”湘云问：“你听见几时取回信？”婆子说：“问了差官，有几天耽搁呢。”湘云叫翠缕拿一吊钱赏那婆子，说：“大雨的，累你了！”婆子谢了姑奶奶，自去听差。湘云向姨妈说：“这信上却很愿意，但是这里不提，先不用说。倒是新近琏二嫂子托我，要向妈妈求亲，说仙保作媳妇，不知府上愿意不愿意。先叫我提提，如果愿意，再求二婶娘作媒。”薛姨妈说：“没什么不愿意的，仙保比苓哥大两岁呢。”湘云说：“宝姐姐不是比宝哥哥大两岁吗！”薛姨妈说：“他们俩作了亲家，却是合适。”翠缕笑道：“那就是显道神遇见地里鬼了，谁也别说谁长，谁也别说谁短。”湘云瞅了一眼，说：“这又到了你嘴里了。”翠缕说：“我知道，当着他们不说。”

只见王夫人处打发人请吃饭。此刻雨也住了，出了蘅芜苑远望稻香村，一路杏花半开，间着些垂柳。只见李婶娘扶着小丫头，李纨婆媳跟在后边。李纨说：“这才是‘好雨知时节’。”薛姨妈说：“下三天都不多。”李婶娘说：“看起来今年是好年头儿。”李纨说：“别的还是小事，人去好些灾病。”湘云摇着头说：“这位大太太恻隐之心普的很呢。若是下涝了，又是天公的不是了。”一路说着话，已到上房。只见平儿打扮着带了苓哥，还有巧姐的嬷嬷、苓哥嬷嬷，王夫人说：“去罢，道儿远。”李纨说：“出份子，可少吃，看人家笑话。”湘云说：“那也没什么，不过再画一张‘后大嚼图’。”说的都笑起来。于是平儿辞了众人，出去上车，往城东去了。

这里吃过早饭，人回：“东府大奶奶同璜大奶奶来了。”只见尤氏、金氏一同进来，都请安问好。王夫人向金氏问道：“你怎么总没来？”金氏说：“因病了，一向总没出门，所以没给婶娘请安来。”湘云鄙其为人，向宝钗使了个眼色说：“宝姐姐和你借样书。”宝钗说：“什么书？你自己找去，左右在那隔子上。”说罢，站起身一同去了。这里尤氏说：“昨日输了，今日找老太太捞本儿。”王夫人说：“你们听听，我也是输家儿。”玉钏说：“大奶奶带了帮手。”尤氏说：“这倒不是，才在府门外头遇见的。”玉钏说：“赢家走了，没人摇。”尤氏说：“琏二奶奶不在家，叫环三奶奶摇。”如玉说：“我可不会。”玉钏向尤氏说：“那有输给琏二奶奶，拿三奶奶垫的？太太借给本儿，我摇再要输了，看怎么着？”于是大家押起摊来，暂且不提。

且说湘云、宝钗到了东所，小丫头说：“奶奶同大姑奶奶来了。”就有人打起帘子。进房来，见宝玉给芝哥理字号。见他们进来，站起身来让坐。湘云说：“这才是教子成名呢！”宝玉说：“我不教了，找大姑姑教罢。”湘云瞅了一眼说：“又不是我的儿子。”宝玉说：“咱们换罢。”宝钗道：“你别说，妞儿和我亲的很呢！”翠缕说：“那几天姨太太家去了，他知道想，问姥姥怎么不来？”袭人说：“我就爱那小样儿，一点不像姑奶奶那时候，非凡的淘气，我们跟着挨了老祖宗多少骂！”湘云说：“你爱，就认你作干妈。”袭人说：“我可没那么大造化。”宝玉问：“妞儿认字没有？”宝钗说：“认了好些，天天早起认给姥姥瞧。”正说着话，回进来梅大爷来了。宝玉站起身说：“失陪了！”就出去会客。

宝钗向袭人说：“你随便弄点什么吃的点心，等上头的还早呢。”麝月说：“不说还忘了呢，有三姑奶奶送的四盒饽饽、一罐奶茶，说是他们厨子做的。”于是摆上点心。二人用了些，又喝了奶茶，就过上房去了。那边也传了晚饭。谁知尤氏今日又输了二十多吊，倒是璜大奶奶赢了十几吊。至晚，二人回去。玉钏笑道：“璜大奶奶的车钱有了。”于是又说了回散话，各自回房安歇。

过了四天，平儿同了巧姐回来，见了王夫人请安，都问了好。平儿又替王家道谢，说：“我到的那天，姑娘也到了他婆婆家，一同回来给太太请安，住个一个月二十天的。”王夫人说：“本来也总没住家了。”巧姐笑道：“他们家也不知有多少事，不是这家娶媳妇，就是那家嫁女儿。又多有在乡下住的，去一趟就得好几天，我也想家了。”说着就滴下泪来。王夫人说：“不用伤心，明日歇一天，后日咱们瞧你太太去。”巧姐问："怎么没见大娘啊？"王夫人说："这几天又犯了水饮了。"巧姐说："我去瞧瞧，还要瞧四姑姑去。"王夫人说："吃了饭就不早了，索性明日再去罢。"玉钏问刘姥姥。平儿说："今年八十六岁，还纺线呢，就是耳聋，要给太太请安来，怕车颠的慌。"又把乡下娶亲的规矩说了一遍，时已不早。王夫人说："都歇着去罢。琏二奶奶想着传车，后日出门。"平儿答应，众人也都各自回房安歇不提。次日巧姐、平儿先到稻香村，蘅芜苑、栊翠庵都略坐坐，就到上房去了。这日不必细说。

到了第二日，饭后，王夫人带着巧姐、平儿往隐园看邢夫人去。这里宝钗、如玉、文淑送太太出门。宝钗约了如玉去看李纨，玉钏说："我也给大奶奶请安去。"于是一同到了稻香村。问李纨："这两日可好些？"李纨说："吃了娑罗子似乎疼的好些。"正说着，湘云扶了翠缕进来，大家问好让坐。湘云问玉钏："你怎么没跟班？"玉钏说："里头是增福、小四儿，外头周婶子、我妈，还有吴大娘。"李纨问："管事奶奶也跟出门？"玉钏说："因延寿病了，太太带他去。"说着又问："大奶奶不闷吗？"李纨说："你替我想什么解闷？"玉钏说："何不听三奶奶吹笙？"众人都说妙极，从没听见过。玉钏说："有一天太太没在家，我倒听见过。"如玉说："你还说呢，不是那天三姑奶奶看见，说了好些话。我再不敢弄那些玩艺儿了，二奶奶也听见了。"说着眼圈一红。宝钗说："他如今好多了，从前那脾气，和赵姨太太还闹呢。"李纨说："今日解闷儿的事，不用告诉他就是了。"如玉被众人逼不过，叫小丫头取笙去。玉钏说："我同你去。"不多时，只见玉钏同了双红进来，把笙递与如玉。如玉就问："你作什么来了？"双红说："不是叫吗？"玉钏笑道："是我邀来的。"这里众人才知是玉钏的矫召。如玉吹起笙来，玉钏说："红姑娘唱两句给大奶奶解闷。"双红说："自到了这里，总没唱，都忘了。"宝钗笑道："你拣记得的唱两句就好。"双红想了想说："小姐，吹《寻梦·懒画眉》那一支。"众人听他叫"小姐"，都笑了。双红说："叫惯了，改不过来。"说完，就整顿歌喉唱道：

最撩人春色是今年，少什么低就高来粉画垣，元来春心无处不飞悬。是睡荼璟抓住裙衩线，恰便是花似人心好处牵。

唱完，众人无不夸赞。宝钗接过笙一看：“我当是漆的，竟是个墨玉的，实在滋润！”湘云便念：“汉殿夜凉吹玉笙。”宝钗笑道：“你就知道董双成，往前呢？”湘云说：“自然是王子晋在缑岭吹的。”李纨说：“没见过两个人到一块儿，就拌嘴。”如玉站起身说：“大嫂子歇歇罢！”李纨说：“你们主仆可乏了。”宝钗说：“先请罢，我还和妈妈说句话呢。”玉钏说：“我跟三奶奶过去。”于是主仆四人一同去了。李纨说：“果然吹的也好，唱的也好。”又伸了三个指头，“那位也责人太甚。”宝钗说：“一位太讲究，一位不检点，自然不合适。”湘云说：“将才这支曲子，要是蕉下客听见，还不知有多少话呢。”李纨说：“何必如此，放着好不好。”又坐了一回，钗、云二位就回蘅芜苑去。

一进门，只听一片笑声，到了后屋见薛姨妈歪在炕上看妞儿跑着玩。见他们进来，推着薛姨妈说：“姥姥起来罢！娘也来了，姨也来了。”宝钗说：“传饭罢。”于是娘儿四个吃了饭。只见宝玉、贾兰进来，见桌上摆着自行人儿，就知是薛家送的，说：“姥姥怎么不给我玩艺儿？”妞儿说：“哥哥拿去罢。”薛姨妈说：“不用给哥哥，等得了侄儿再给。”说的贾兰不好意思。宝钗问：“你们打那儿来？”宝玉说：“稻香村瞧大嫂子去。早就进来了，听见三奶奶在那，我不便进去，就到杏林坐了会子。后来听见吹笙，就停住了，你们都走了才进去的。”宝钗问贾兰说：“三姑姑来了，可别提这些事。”兰哥说：“母亲也嘱咐了。”大家又说了回散话，各自回房安歇。

过了两日，王夫人回来，李纨病也好了，一同接太太进房坐下。贾兰问道：“昨日薛大舅差人来问太太回来没有？说有送的东西。”王夫人说：“什么贵重阿物儿，要我亲身接？蟠儿也是三四十岁的人，总是贪玩！”不知薛家送来何物，且听下回分解。

第二十二回　舞凤凰三星共照
佩麒麟四美联姻

话说王夫人不知薛蟠所送何物，说："既是如此郑重，想来是稀罕东西。等把亲家太太、姑奶奶都请来同看。"次日，便将李婶娘、李绮、宝琴、探春、香菱请来，岫烟因有喜未来，又有尤氏婆媳都在王夫人上房。大家相猜所送何物，只见宝玉、贾环、贾蓉、贾兰进来请安问好。贾蓉说："不用猜，已竟送来，有一丈多高，七八尺宽的两个木箱子。琏二叔叫抬到园子里去了，收拾得了来请。"

湘云见宝玉带着个扇套，便要扇子瞧。宝玉递过来，是一把檀香股子、冷金绢面的扇子，写着两首七律：录旧作，应昆圃年兄大人雅嘱。瑟卿，弟鼎臣，用着两个小方印，众人都凑来看，湘云念道：

虾须帘卷玉钩横，遥听花郎唱一声。
恰是小楼人正寂，翻知昨夜雨初晴。
薄寒已向红腔减，新暖应从紫韵生。
悄热炉烟香细细，碧栏干外有啼莺。

旧曾游处记分明，曲曲栏干接上清。
白玉仙坛留月照，紫兰新种带云耕。
谁遗红豆歌芳树，自有青鸾降碧城。
银汉影斜风露净，水晶帘卷坐吹笙。

湘云念到这一句，笑了。李纨恐怕他说出前日吹笙的事来，便正色问道："笑什么？"湘云会意，说道："我笑这位探花公忙的很，又要卷虾须帘，又要卷水晶帘，炷上香又去吹笙，未免太辛苦了！"探春说："你这个人也太爱吹毛求疵了，没看见是录旧作吗？并不是一个题目。"湘云说："是了，以后再不敢笑了！"

正然说笑，贾琏进来说："请过去罢！老爷今日下朝早，带着珍大哥到园子去，叫请快些过去，趁着好天气。"大家起身往大观园来，就在楼上看，爷们在山子上坐了。相离有一箭多地，挡着围幕，只听里面奏着细乐。不一时，撤去围幕。东边是一座绢帛做的山峰，上头立着只彩凤。西边也是绢帛做的一座白石赤栏的瑶台，上面站着福禄寿三星，都有人高。向那只彩凤指点，那只凤便长鸣一声，起在空中盘旋飞舞，映着日光十分绚烂。舞了有一个时辰，仍旧落在山上。这边三星似乎足下生云，恍恍惚惚离了瑶台。又把围幕挡住。及至撤去围幕，仍是一片空地。李婶娘说："玩艺儿也看过，不见有飞起这么高的，还会叫唤。"众人都夸新鲜。

只见贾琏上楼来，向王夫人回道："老爷说这彩凤三星实在有趣，送礼的多赏他几两银。"王夫人说："赏他四两！"又问："抬夫几个？"贾琏说："八个抬夫，两个跟挑儿的，连何其能父子共是十二个人。"王夫人说："既是他父子两个，每人四两，抬夫共四十吊钱。"薛姨妈说："家里的，作什么这么重赏？"贾琏笑道："难为他们。"又请示王夫人："收在那里？"王夫人说："你看着罢。"贾琏说："只好收在后楼底下，有人借再拿。"李婶娘笑道："谁家有这么大院子？"宝琴说："横竖我们家没地方！"王夫人说："甄府上院子虽大，树多。三姑奶奶家地方大，倒可以飞的起来。"

贾琏自去传事。探春笑向湘云道："小楼人寂，今日这大楼可太热闹了。"贾兰说："我的扇子也是他送的，姑姑看见没有？"二人齐说："没有，你取去。"贾兰忙忙下楼，不一刻取来。探春接来一看，也是檀香股、绢面，小楷写的"拟闺词"七律四首。探春念道：

东风影里罢梳头，窗外呢喃听不休。
藻井待栖双玉剪，筠帘初上小银钩。

疑将软语商量定，似有柔情宛转留。
衔得新泥重补葺，余香犹记旧妆楼。
卷帘待燕

初晴小雨柳纤纤，晓起临妆暖气添。
欲效远山眉淡扫，喜簪嫩蕊手轻拈。
鸦环翠腻云三绕，鸾镜先涵月一奁。
甲煎浓薰频顾影，为留香久自垂帘。
对镜簪花

罗衣初换旧轻绡，一瓣心香手自烧。
不解离愁栽豆蔻，为听骤雨种芭蕉。
银钩字细书清楚，红烛风微影动遥
赋到秋声人意懒，已凉天气乍长宵。
剪灯听雨

手倦停针夏日长，绿阴深护小横塘。
参差荇藻朱鱼荫，曲折栏干翠盖张。
倒映靓妆花妒色，慢沉香饵水摇光。
借他短钩消炎暑，受用临池六月凉。
倚栏垂钓

探春念完，问贾兰："你号晋亭，我还不知道呢。"贾兰说："新近人送的。"

湘云说："不许笑，我可又要说话了。"探春说："有话请说。"湘云说："我想古今一样，古人有'金粟如来是后身'，今人就有'卷帘大使是前身'。"说的都笑起来。宝琴脸一红说："云姐姐今日也不知是怎么了？"探春说："珍大嫂子说：'凤姐姐死了，坏鬼附上大嫂子。'那倒不然，他倒像有个鬼附上了。"众人都知说的是黛玉。香菱笑道："我们这两位先生是一处学的。"说的又都笑起来。见尤氏走过来说："不用笑了，太太叫把点心摆在缀锦楼兰哥屋里去。”李纨听见，忙带了曾文淑先去伺候。众人都到缀锦楼去用点心不提。

且说贾相国看了那三星彩凤，十分欢喜。便对贾珍说：“自从上次看龙舟，总没园子里来。”贾珍说：“今日天气好，叔叔可以随便看看，叫他们拿个小马扎随着。”贾相国说：“有这褥子就好。”于是叔侄、父子一路说着话，四德儿背着马褥子跟在后边走。到滴翠亭，见几个孩子扑蝴蝶。看见老爷，贾芝、贾苓都过来请安，垂手侍立，那一个也过来请安。贾相见三个人一样打扮，就问宝玉：“这是谁家孩子？”宝玉说：“史大妹妹跟前的妞儿。”相国说：“我看着不像男孩子，很秀气又不认生。初次见，怎么好呢？”说着回手向腰里摘下个荷包，拴着个白玉麒麟，连这荷包亲自给妞儿挂上。他竟知道又请个安，谢谢。把个相国乐的了不得，问宝玉：“他们姓什么？作亲的时候正是老太太病重，我记得是个复姓。”宝玉说：“姓司马。”说着话，又往别处逛去，似乎有点腿酸，便从省亲别墅中一路出去不提。

且说王夫人等在缀锦楼用了点心，连着就摆晚饭。王夫人问李纨、平儿：“我才在楼上见西南上开着一片红花，是那个座落？”李纨说：“是怡红院的海棠。”王夫人向平儿说道：“明日你叫人拾掇拾掇，我作东，请二位亲家太太、老少姑奶奶看海棠。”尤氏问巧姐：“你还住几天？我要接你过去逛逛！”巧姐说：“过两天也就要回去了。”尤氏说：“索性请你，请三位老太太，请今日在座的众位看看我们那小园子里的玉兰。”李纨问：“今年牡丹怎么样？”尤氏说：“似乎比去年早些，已经开了好些朵了。”王夫人说：“你定在那天，头一日给个信。”尤氏说：“那自然的，还要过来请呢。”薛、李二位齐说：“都是至亲，我们也不推辞，大奶奶也别费事。”李纨说：“不用和他那么说，到那天要是预备的不好，我先挑！”这里说笑，已近黄昏，李纨早叫人预备下三乘小轿。薛姨妈说：“我们路近，不用轿，走着倒好。”李纨问尤氏：“你是回去，是住下？”尤氏说：“我住下倒可以，媳妇也得回去，莫若一同回去，明日早来伺候。”李纨说：“你这张嘴越老越滑，明日要是来晚了，一天的差使是你一个人当。”王夫人上了小轿说：“都别送了。”前边一对明角灯引路，尤氏婆媳、宝钗、平儿、如玉跟在后边，径往上房去了。这里众人也就各自回房安歇，不提。

且说王夫人回到上房，尤氏婆媳辞归东府。宝钗、如玉、平儿伺候太太喝了茶，也就回房去了。不多时，相国进来。老夫妻坐下，就说起今日看的玩艺儿难为怎么做的。相国说："这都是西洋法子。倒是有一件事和太太商量。"王夫人问："什么事？"贾相说："今日看见云姑娘的妞儿很好。我看那模样只当是琴姑娘跟前的，颇像二媳妇，问了才知是云姑娘的。我把那玉麒麟给了他，那是太太嫁妆陪的。要聘给芝儿作媳妇，太太想怎么样？他家里还有什么人？"王夫人说："有他婆婆。"贾相说："既有婆婆，他自然不能作主。"作明日托姨太太说说："若是愿意，和他婆婆商量。"王夫人说："他们太太没在京里，在山西他哥哥任上呢。"贾相问："什么官？"太太说："太原总兵。"贾相说："原来是他。"王夫人问："认识吗？"贾相说："他姓班，倒是员老将，新近还有折子来请陛见。"王夫人说："明日托二妹妹问问再说。"又说了几句散话，听听钟打了十二下，便各自安歇。

且说平儿次日清早起来就派人收拾怡红院，铺陈摆设，又亲自看了一回，才同巧姐到上房请安。此时李纨婆媳、宝钗、如玉也都上来。不多时，尤氏进来请了安。李纨问："媳妇怎么没来？"尤氏说："昨日在这边，他娘家打发人来，他嫂子添了个哥儿，接他回去。今早他出了门，我才过来的，不算晚罢。"说着，众人都到齐。用过早饭，就往怡红院来。一进门，见那四棵大海棠开的如霞似锦。李婶娘说："夜里那阵雨更把这花洗的鲜艳了。"于是也有看花的，也有到后院看那一大架木香的。不多时，摆上午酒。薛李二位、王夫人、巧姐一桌，湘云、宝琴、李绮、探春、香菱、尤氏一桌。王夫人说："还有他们娘儿五个，自己家宴，不必拘。莫若把两张桌并在一处，大伙儿坐着热闹。"平儿说："预备下大团圆桌子。"于是换上圆桌，十一位团团围坐。湘云就把昨日给麒麟的话告诉王夫人，王夫人笑道："那还是我出嫁的时候陪老爷的，带了五十年了。昨日很夸妞儿，又说起去年冬天你作的消寒诗，想起表兄弟就和你们老人家相好。说老二不及你，还伤了会子心。"

说完，大家吃了几杯酒，王夫人笑向薛姨妈道：“奉托的事怎么样？”薛太太说：“姑奶奶也愿意，亲家太太也愿意。”王夫人问：“怎么知道？”薛姨妈说：“上次姐姐和我说，我就对姑奶奶说了，给他们太太写了信去。新近有回信来，所以知道愿意。”王夫人笑道：“既是如此，一言为定。就学那小人家，珍大奶奶是吉祥人，就给你俩妹妹换个盅。”尤氏站起身来，把湘云、宝钗的酒杯拿过来满斟两杯，说道：“今日换杯，夫唱妇随，白头到老，我是大媒！”说完，把两杯酒换过。招的连伺候的婆子、丫头都哄堂大笑，竟把琴、绮二位姑奶奶笑倒。

李纨说：“这张嘴直是八角鼓子。”尤氏说：“我是八角鼓子，可都得有赏。”李纨说：“告诉芝儿，作亲的时候多赏你这大媒。”只见平儿离了座，走到王夫人跟前请了个安，说：“今日是好日子，求太太再定个孙子媳妇罢。”王夫人笑道：“我倒喜欢，不知姨太太赏脸不赏脸？”原来平儿、香菱愿作亲家，王夫人早就知道。薛姨妈笑道：“他们都愿意就好，我有什么不肯的！”王夫人笑向尤氏道：“一客不烦二主。”尤氏便将香菱、平儿的酒杯换了，才要开口，李纨说：“不用数贫嘴了，倒是这四位新亲家太太也得有个团拜。”只见宝钗、平儿、香菱都到各人婆婆跟前请安道喜，众人也都互相道喜。这一天怡红院真是花团锦簇，可谓尽日之欢，至晚方散。尤氏临去时又叮属：“请看玉兰，务必赏脸都去。”李纨说：“是了，你好好预备罢。”不知珍大奶奶如何预备，且听下回分解。

第二十三回　告亲老贾琏辞差 谒慈帏荣公罢相

话说怡红院这一天喜事重重，合家欢乐。王夫人回到上房，便将两件亲事都告诉老爷。贾相笑道："我也慌唐极了，不知妞儿几岁了？"王夫人说："和芝儿同岁。"周姨娘笑道："不但同岁，还是同月、同日、同时。"贾相道："有这样巧事？"王夫人说："倒是仙保比苓儿大两岁。"周姨娘笑道："妻大两，黄金长。"玉钏说："明日到琏二爷屋里捡金子去。"说的老夫妻都笑了。按下上房。

且说宝钗回到房中，见宝玉正和袭人等说话。见宝钗进来，说："今日怡红院好热闹。"宝钗道："岂止热闹，喜事重重，定了两个媳妇。"宝玉问："都是谁家？"宝钗道："芝儿定了掌珠姑娘，苓儿定了仙保姑娘。"宝玉听了十分欢喜，说："我要作公公了。"又问："谁的主意？"宝钗说："老爷叫太太托妈妈作媒；那门亲事是琏二嫂托咱们亲家母的。"把个宝玉乐了个事不有余。袭人说："我们先给爷、奶奶道喜。"于是三人一同请安道喜。宝玉道："怪不得前日在园子里，老爷瞧见妞儿很夸，就把自己常带的那块麒麟佩摘下来给他带上。真也巧，他母亲有金麒麟，他有玉麒麟。"麝月说："还提金麒麟呢，那一年为那个闹了个翻江搅海。"宝玉就问："怎么了？"宝钗瞅了他一眼，袭人会意，接着说："为云姑娘丢了麒麟，大观园没处不找，倒怎么不是翻江搅海呢？"几句也就混过去了，一夜无话。

到了次日，早饭后，尤氏来请看玉兰。王夫人说："说过去就是了，你又多礼，亲身来请。”尤氏又问二位亲家太太，便又到园子里请了一回，仍到上房吃了点心。王夫人说：“你家去张罗去罢，今日不留你吃饭。”尤氏答应了，又问玉钏：“太太明日吃斋不吃斋？”玉钏说：“明日不吃斋，后日才是吃素的日子呢。”于是尤氏自回东府去了。

次日，荣国府上下有几十辆车往宁国府来，进了府门往东，又进一座门，走了半箭多路，向东一座穿堂门。下了车，早有许多仆妇迎接。进了穿堂门，向南垂花门进去，是五间大过厅、东西厢房。穿过过厅，进了三层门，就是尤氏住的七间大上房、东西厢房、抄手游廊。只见尤氏婆媳、偕鸾、佩凤跟在后边迎接。进房来，真是珠围翠绕，不必细说。递了茶，不多时摆上菜来。自然是山珍海味，美酒佳肴。

吃完饭喝了茶，尤氏就请过去看玉兰。王夫人说：“到花园好远的呢。”尤氏说：“不打外头走，后院西厢房穿过去就是。”于是大家都身往花园去。原来后院西厢房就是花园的东厢房，曲曲折折尽是回廊，中间一个方塘，水中一座亭子。便从这回廊上通着个三折的竹桥，北岸上五间花厅，阶下大大小小开着有十来棵玉兰，那一种清香拂人襟袖。都从回廊上走到庭前，三位太太进房坐下，众姊妹站住看花。探春抬头一看，门上是一块白地绿字匾额，写着“玉兰轩”，两边一副对联：

绕座香光焚甲煎，入帘花气绽辛夷。

香菱走来，笑道：“多有用‘丁香’对‘卯酒’，你看以‘辛’对‘甲’却也恰当。”宝琴说：“亲家太太，又批论什么呢？”只听王夫人说：“都进来看牡丹罢！”说着都进来，从后窗玻璃一看，是一面假山。随着那山的高高低低，栽满了牡丹。山豁处，望去似乎是座小楼，红红白白的开着几树花。探春道：“大嫂子这可真是玉堂富贵了。”坐了一坐，都到各处去逛。

王夫人问尤氏：“我记得那年跟了老太太来看菊花，不是这样。”尤氏说：“那是旧园子有几处坍塌了，这就是祠堂后身一块空地使土来着，不想挖出泉来，很旺的水，所以就造了个亭子。”王夫人说：“这就是了，我说不像那时候的样儿。”尤氏笑向三位太太说道：“叫了双桂堂的两个唱曲儿的女孩子伺候，可以叫他们来唱罢。”薛、李二位说：“大家谈谈就好,何必又费事。”尤氏笑道:“他们众位都逛去了,三位老太太那能那么走?坐着怪闷的。”

说着,就叫女人们带了两个女曲儿过来,都请了安。看他们一样酒花袄裤,厚底鞋,梳着抓髻。王夫人问他们的名字,一个叫桂芳,一个叫桂香,一个十三,一个十二。又进来个中年的,也都请了安。看他们是油黑大亮的一张胖脸,梳着元宝纂,穿件二蓝绉绸夹袄,青绸裙子,裙下双弯自然不小,不必细看。王夫人问:“你姓什么?”那人陪笑回道:“奴才姓朱。”李太太问:“多少岁了?”回道:“四十二岁。”薛太太又问:“这孩子们是女儿?是徒弟?”回道:“一个是女儿,一个是侄女。”回完话,就把扇子递与孩子们,捧上去请点曲儿。此时胡氏用三个珐琅小碟盛了滴珠儿,摆在三位太太面前,预备打彩。早有人在地下铺了栽绒花毡。老太太点了个“从别后”,薛太太点了个“瘦腰肢”,王夫人点了个二人合唱的“春色儿娇”。唱完,要了回霸王鞭,都说实在好。平儿见有女档子,早就叫人回去取了三份赏来,每人一对翠花、一对荷包、一条绣帕、一把宫扇,共赏二十四两银。玉钏拿到王夫人前看过,说:“这是三位老太太赏的。”老朱就领着孩子过来叩谢,说:“老太太们喜欢,打发人传唤一声,奴才就来。这府里常来伺候,老爷、太太待我的恩典很重。我们太太见我来了拉着不叫走,叫我唱。老太太想,奴才这个身段扭起来好看不好看?”说的都笑起来。尤氏说:“老太太不知道,他有个外号儿叫媚猪。”老朱笑道:“太太又泄我的底!”不一时,午酒摆齐。请了众位过来用点心,那媚猪又领过孩子请安、点曲儿。探春说:“你们歇歇罢,我们还要行酒令儿呢。”那媚猪答应着,领了孩子们退去。

玉钏向李纨说:“珍大奶奶告诉太太他叫媚猪,想是因他胖。我看他女儿倒像芳官。”李纨点点头,叹了口气。湘云问道:“你如此感叹,要作江州司马呀!”李纨说:“那倒不是,我想人的眼力不同。”宝钗笑道:“别管那些,倒底是个古人。”香菱问道:“谁是媚猪?”湘云说:“不用问,回去看《十国春秋》就知道了。”于是大家说笑,不觉已打了五下钟。三位太太起身,都到水亭上看那水中的朱鱼,看了一回,就到尤氏上房用晚饭。直到点灯后才回荣府,不必细说。

次日,自然尤氏过去请安道乏。这日贾珍请薛家弟兄、柳湘莲、冯紫英、贾琏、宝玉、贾环、贾兰,仍是双桂堂伺候,午后才到齐。今日的热闹比昨日不同,喝着酒,听着曲儿,豁拳行令,都拿媚猪凑趣儿。只听柳二爷点了个“无梯楼儿”,窗外的随手弹起琵琶,桂芳唱道:

> 无梯楼儿难上下,天上的星斗难够难拿。画儿上的马空有鞍鞊,也难骑跨。竹篮儿打水,镜面上掐花,梦中的人儿,千留万留,也留不下。

别人听了都不理会,惟有宝玉看见桂芳仿佛芳官,已是颠倒,寻思。又听了这句“梦中的人儿,千留万留,也留不下”,触动那年祭花神的事来,眼望着窗户发怔。贾珍说:“二先生怎么不喝酒哇?”猛听这一问,随机应变答道:“人说玉兰没有朝下开的,梅花没有朝上开的,我竟想不出这个理来。”众人也就信了。媚猪说:“我知道二老爷不爱听他们唱,爱听我唱。”说的哄堂大笑。薛蟠笑道:“你当都像你们珍大老爷呢!”贾珍说:“这可该罚。”

正然说笑,见贾蓉满脸带笑进来,都见过,就向贾琏说:“叔叔大喜!”贾琏问:“什么喜事?”贾容说:“叔叔选了税差了!”贾珍问:“是那里? 听见谁说?”贾蓉说:“就是二叔同衙门姚凤山进里头递事,他对我说的。两个税差,东边一个,北边一个。校比起来,北边这个,除了官项一年总有七八万剩头。那一个差些,也有五六万。”贾琏笑道:“你不用信他,姚凤山倒成了摇晃山了。”只见媚猪走到贾蓉跟前说:“二老爷放了税差,求大爷把我荐过去。”贾蓉笑道:“我可不敢管闲事了。”宝玉说:“此刻可以管得。”众人听了无不大笑,连贾琏都几乎喷饭,说:“宝兄弟从不多说话,说出来一句是一句。”大家再笑起来。宁国府这一日亲友、弟兄、叔侄、父子相聚。何曾论古谈今,不过是诙谐戏谑,毫无进益。直到三更以后方散,各自回家。

且说贾琏回到房中,此刻平儿尚未卸妆,剪烛相待。贾琏坐下,喝了茶,先把今日席上事说了一遍,然后就将贾蓉的话告诉平儿。见他沉吟一会,说道:“这事未必准。”贾琏说:“这是姚凤山告诉蓉哥的,只怕不假。”平儿问：“如果是真，请问老爷、太太还是请着同去，还是不去？”贾琏说：“老爷现在病着，未必肯去。你想怎么样？”平儿说：“据我说，老爷、太太都是七十多岁的人，二姑奶奶是没了，除二爷还有谁？就是这边老爷、太太，也是奔七十了。听赵嬷嬷说，自从老姨太太去世，二太太就领过去抚养，费了多少心，比珠大爷还疼。后来娶了奶奶，就把家务事交给二位，这是我看见的。并不像侄儿，比儿子还靠的住。再者，发财也是命定，为了几个钱抛了父母，倘或有个山高水远的事，那时候你后悔不后悔？”贾琏听了平儿这一席话，不但酒醒，竟出了一身冷汗，不禁滴下泪来说：“早要像你这样的话，断不能闹出那些事来。我明日写一张告亲老的呈子带着。如果真，就递上去辞差。你想好不好？”平儿笑道：“要是如此，那才是理，往后来好教儿子。不然，看他大了作了官，把你掷了。”贾琏说：“你看我能行不能行？”说话之间，夜已深了，卸妆安寝。

到了次日，贾琏果然叫詹先生写了张亲老辞差的呈词，带到衙门去。见了堂官，果有其事，就把呈词递上去。自堂官起，无人不赞这琏司官是个孝子。那知却是那位相夫内助韦氏夫人的激劝、赞成。按下不表。

光阴迅速，不觉又到相国的寿诞。自然贺客盈门，摆酒唱戏，不须重叙。老年人不禁劳碌，有些不精爽，递了请假折子，赏了二十天假。限满尚未痊愈，只好扶病出去当差。这日下朝昼寝，只见老太太扶着鸳鸯进来。贾相迎着请安，问老太太从那里来？太君说：“我如今虽未成仙成佛，却也无拘无束。因你病，我来看你。想我一生，只有你兄妹三人。敏姑娘中年去世，你哥哥也不久了。想你年近七旬，官居极品，子孙也都冠带荣身，那福禄寿三字也算全了。虽然皇恩隆重，这些年调和鼎鼐，国泰民安，也就是报了君恩。趁此时光，急流勇退。难道不记得《道德经》：‘功成、名遂、身退，天之道。’”说完，站起身就走。贾相国牵住老太太的衣襟，再不放手，便从梦中哭醒。周姨娘问：“老爷怎么了？”贾相说：“你把太太请来。”

原来王夫人就在外间坐着，连忙进来，就问：“怎么了？”贾相便将梦中事说了一遍。王夫人听了也伤起心来，只好勉强解劝：“想是那天听了《邯郸梦》，心里惦着。”贾相说：“明日只好再告假。”又赏了一个月，便奏请开缺，天恩不准。三上辞表，方许予告，赏食全俸，并赏人参一斤，燕窝四匣，肉桂二斤，貂皮四十张。相国递折谢恩。自此却可以静养。那知那些朝臣、皇亲、国戚都来看视，仍是应接不暇。

这日，正与王夫人闲坐，贾琏进来请了安，回道：“我父亲这两日甚想叔叔，要请到园子去谈谈。”贾相说：“我也要去呢，还要和你商量，莫若把大老爷接进城来，弟兄们倒可以朝夕相处。再者，倘有不讳，也好办事。”贾琏道：“侄儿想着也是进城好，看那光景不大好，莫若早些接来。”王夫人说：“既是这么着，你派人把那行轿收拾出来，不然那车如何坐得。”

贾琏答应自去派人。又不知贾大老爷几时进城，且听下回分解。

第二十四回　指迷途惜春圆光
游幻境宝玉惊梦

话说贾相国次日带了宝玉、贾环、贾兰安车驷马往隐园去看哥哥。见了面，彼此伤了会了心。贾相不便说出贾母示梦的话来。大老爷说："这一向我很想你。"贾相说："因告病不便出门，今日来给哥哥、嫂子请安，还有件事商议。"大老爷就问："什么事？"贾相说："我想天气渐渐冷了，莫若搬进城去，明年春天再回园子来。就是早晚弟兄们也好盘桓，孩子们也好侍奉。"大老爷说："好却好，我这动转维艰，恐怕不能颠这么远路。"贾相说："家里现成的行轿，慢慢走着，很可以。"弟兄、叔嫂又说了回散话，便进城回府。

过了几日，看了个好日子，前一天打发宝玉、贾环带了轿子、车辆去接伯父、伯母进城。平儿又派人把东院收拾妥当，到未申的光景，才到这里。王夫人带着众人过去迎接，自然预备酒饭，不必细说。次日贾琏又到园子里办理善后事宜。

贾大老爷自进了城，贾相隔一两天必过来问安。宝玉等轮流了伺候。那琏二奶奶在公婆跟前却又十分孝顺，又有太医院堂官送来的再造丸，病症似乎减了几分，自己也觉欢畅，有时也坐了小竹轿到西院及园子里各处逛逛散心。贾珍父子也常过来请安，又送过些珍禽异鸟挂在廊下解闷，倒觉比在隐园还心宽。一家上下都欢欢喜喜，可谓和气致祥。

且说宝玉这一日饭后，要到栊翠庵找惜春闲谈，进了大观园。此

刻正是秋末冬初，众木摇落而相衰的时节。信步走到怡红院，见院门虚掩，推开门进去，无非是枯枝、败叶、砌草、砖苔。走上台阶，隔窗一看，满屋里虫网珠丝，迥非前度。暗暗点头。出来又走到潇湘馆，进去看时，冻竹、寒烟、疏窗、淡日，那一种凄凉令人不堪回首，不禁滴了几点眼泪。暗想道："不如先到蘅芜苑找他们去谈谈，再上栊翠庵去。"及至到了蘅芜苑，进了门就有个婆子迎出来："请二爷屋里坐罢！"宝玉问姨太太、姑奶奶，婆子说："都到太太那边见客去了。"

宝玉走进房来，见那一切铺垫陈设甚至帘幔尽是雅淡朴素。想起那年老太太嗔着他爱素，还说了几句赶着换上，谁知倒应在云妹妹身上。一边心中思思想想，并未坐下。出了院门，要往稻香村去，想了想：既是有客来，大嫂子自然也不在家，不如竟往栊翠庵去。

到了门前，见禅关紧闭。宝玉敲了两下，里面开了门，宝玉进门，见惜春迎了出来，说："哥哥，久不见了。"说着兄妹进房坐下。宝玉说："你不知道这一向忙的很。老爷罢相，大老爷搬家。大概除了你，没有闲人。"惜春说："二老爷予告，我还过去请安。听见太太说，因为梦见老太太才告休的。大老爷搬家，一点不知道，想来就为那梦中的话。"宝玉说："可不是为那个。怕倘或有或，在园子里有些不便。"又说起贾琏辞差的事，惜春说："这倒是正理。"

宝玉说："我这一向心里总是郁郁闷闷的，找你来谈谈。"惜春笑道："一个人为什么郁闷？"宝玉说："皆因自己想不出那破除烦恼的法了，才来请教。"惜春说："烦恼皆因自己寻，比如一个人住一间屋子，把他收拾的干干净净，门窗紧闭，任凭外面有什么事，总闹不到里头来。若门窗俱敞，毫无守备，岂止小事，就是盗贼、虎狼都可以进来，竟会有性命之忧。"

宝玉道："据你这么说，人能自了就是了。"惜春说："不然古今那些杀身成仁、见危致命的，虽是外来的事，总因是素日守的结实，才能作出那样的事来。本来心就散着，再遇见事，闹个七颠八倒，抓不着头绪，不昏怎么样！"宝玉道："我想除了烧丹炼汞之外，还有什么功夫？"惜春说："纯阳祖师说的'忠孝义慈行方便，不须求我自然真'，这'自然真’三个字，不是一面话。忠孝义慈若是用了沽名钓誉的法子，更是造孽。千言万语总不出自然真。”宝玉问道：“多情乃佛心，若用了自守的功夫，佛心就不必多情了。”惜春说：“这情之一字，更有许多道理，所以人说‘性情’，情从天性中生出，才是真情，还归到那自然真的理上。人说‘情理’‘道理’，既和‘道’字并称，可见是个正经要紧的字，被那些下等众生把个‘情’字认错，作出些伤天害理、丧心昧良的事来，难道那都是佛心人不成？佛心虽以慈悲度世，也看什么事，什么人。自古以来，那些奸臣、贼子念几句阿弥陀佛就算好人，难道也去救他？”宝玉笑道：“我当了几个月的和尚，从没听过讲。今日听你这生公说法，使我这顽石点头。”惜春道：“就是儒教中圣人也是以忠孝为本，我并不知什么说法，不过是自家兄妹，你既问我，我见到那里说到那里。”宝玉说：“这倒是真理。”惜春说：“我也不管他真假，我也不和你饶舌，我有一件东西给你看看。”宝玉说：“给我看自然是画。”惜春笑道：“岂止是画，竟是一片大化。”便叫侍砚、磬儿把那大元镜抬来。二人从屋里抬出一面青铜元镜，加在桌上。对面摆了张椅子，说：“二哥哥你留心细看罢。”

宝玉坐在椅子上面，对元镜定睛细看，觉得恍恍惚惚走到一个所在。抬头看时，是一座白石牌坊，上面刻着四个字，是“太虚幻境”。宝玉说：“这太虚幻境是我来过的。”走去看那对联是：

冒暑冲寒名利场中称禄蠹，

偎红倚翠温柔乡里号情虫。

宝玉看完，说：“这‘禄蠹’二字是我说的，不想还有人用。那时候对子不是这两句，想是换了。”往北一望，是三间金铺兽面的朱门紧闭。便往东走，见一座衙门，暗想不便进去。又见有许多人出入，也就走了进去。

一看，两边廊房尽是些纱帽圆领的人坐在上边，也有把卷沉吟的，也有据案发威的，也有形端表正的，也有胁肩谄笑的。宝玉看了，又往里走。只听有人叫，宝玉吃了一惊，看了看，是母舅王子腾，走过去请了个安。那王夫人问道：“你父母都好。”宝玉回道：“都康健。”王夫人说:“你既到这里,可以都看看。”宝玉答应着“是!”就往东走。

见一座门上有块横匾,是“万古流芳”四个字。进去看时,并无房舍,树着无数的丰碑。看了看,都是古今那些忠孝节义的事迹,也有知道的,也有不知的,便仍旧走了出来。

又往西去,这西边门上也也有四个字,是“三山在望”。宝玉暗想:“这‘三山在望’自然是海上仙山。白乐天《长恨歌》曾云‘其中绰约多仙子’,林妹妹自然在内。若是真能够‘转教小玉报双成’,或可重睹芳容,细申委曲。”欲待进去,又不敢造次,不进去,又怕失了机会,犹疑多时,只好走了进去。及至进了门,一看,原来是一座金山,一座银山。也有推车的,也有担担的,也有往上堆的,也有往下运的,就与蚂蚁盘窝的一般。看了一回,甚觉无味。又往后走,迎面是座水晶似的冰山,有无数的衣冠人在那里依靠。宝玉走过去拱拱手,问道:“列位依靠这冰山难道不怕冷么?”众人齐说道:“我们倚靠着他,只知其热,不知其冷。”宝玉又问:“倚靠他有什么好处?”众人答道:“既承下问,敢不实言。既靠了他,连家中父母、妻子,甚至亲故、童仆饱食暖衣,这都是靠他的好处。”宝玉又问道:“似这等光天化日之下,这许多人倚靠,倘或靠倒了又当如何?”众人说:“假如靠倒了这一座,再去靠那一座。看足下也是宦途中的朋友,趁此极热的时候,何不过来靠靠。”宝玉听了这话,甚为可耻。一掉头就往外走,仍由旧路出了衙门。

沿着石牌坊就往西去,走不多路,见一座碧油栅栏。进去一看,是极大的一个院落,也有些树木,远远的见许多的女子在那里玩耍。也有打秋千的,也有放鹞儿的,也有投壶的,也有斗草的,也有蹴球的,也有踢毽的。宝玉看了,自言自语说:“早知有这个地方,何苦和那群丧心病狂衣冠中的禽兽惹气,倒不如这个有趣。”要过去细看,似乎总走不到。及至走近,却是优昙一现。宝玉笑道:“你们和我捉迷藏呢。”

一回头,见西北上花柳丛中有座雕梁画槛的重门,便进去看时,满院奇花异草,那一种非兰非麝的氤氲香气,薰的人似醉如痴。猛一抬头,见袭人、香菱站在合欢树下换裙子,再看时又见晴雯歪在凉榻上撕扇子,又见龄官蹲在蔷薇架下画字,芳官站在旁边看他。宝玉说:“怎么他们都在这里,见了我也不理。别管那些,既见了他们,众位姐妹想来都在这里。”只见那边竹林里站着个人,留神一看,原来是紫鹃在那里拭泪,影影绰绰窗户里还有一人。宝玉这一喜,真是非常之喜。暗想,既见了紫鹃,窗里那人非林妹妹而谁?便急走几步,临近了一看,并非黛玉,却是平儿在那里理妆。宝玉便止住脚步说:“我再往后去,想来还有好去处。”

分花拂柳,又往后走。见一湾流水,横着一道小桥,两岸上尽是垂柳,水中有几对鸳鸯。过了桥,却是一片坦平,中间一条甬路,通着一座朱门。进了门,两边尽是芸窗、绮阁、绣户、珠帘。看那乔松、古柏,参天蔽日,遍地苍苔浓厚,似乎久无人到的光景。乔松之下,立着两只胎禽,在那里刷翎。宝玉细细看这院中景致,耳边仿佛是檐铃之声。不看则可,这一看真是正撞着五百年风流业冤!正北上一座红楼,几段朱栏,只见钗、黛、云,琴凭栏谈笑。宝玉笑道:“原来都在这里,你们到这神仙境界来逛,也不叫我一声!”只见他们站在上面笑着招手,意思竟是叫他上楼的光景。把个宝玉乐的手舞足蹈,走进房去寻找楼梯。把五七间的屋子都找遍了,也没找着。暗想道,必是从外头上的,出了房门又把这座红楼周围绕了几遍,又不见楼梯。心中想道:“那日听曲儿唱的是‘无梯楼儿难上下’,难道真有无梯楼?若说没有楼梯,他们是从那里上去的呢?”展转思量,不胜焦躁。忽然一阵狂风,吹的二目难睁。把身子伏在地下,俟风过了,睁眼一看,那里有红楼碧户!却是惨凄凄的一片荒郊,有许多白骨髑髅在那里跳舞。宝玉吃了一惊,却也不知是真是假。

《红楼梦影》点校说明

《红楼梦影》二十四回。题“云槎外史新编”，又题“光绪丁丑校印，京都隆福寺路南聚珍堂书坊发兑”。卷首序为“咸丰十一年（1861年）岁在辛酉七月之望西湖散人撰”，正文回目下均署“西湖散人撰”。中缝“聚珍堂”三字。据赵伯陶先生研究，云槎外史是清代著名女词人太清；撰序者乃是作者闺中之友，清代才女沈善宝。

顾太清（1799年～1876年），满洲镶蓝旗人，名春，一字梅仙。著有《天游阁诗》、《东海渔歌》。原姓西林觉罗氏，其祖父鄂昌是乾隆初显赫一时的重臣鄂尔泰亲侄，乾隆二十年（公元1755年），时任甘肃巡抚鄂昌因叔父鄂尔泰门生“胡中藻案”（“《坚磨生诗钞》案”）所累，作为重要查办对象卷入文字狱要案，赐帛自尽，家产籍没，由是败落。道光初年，奕绘贝勒欲纳鄂昌女孙太清为侧室福晋。因太清为罪人之后，无法通过审核与宗室联姻。贝勒求助于王府护卫，以二等护卫顾文星女呈报宗人府，为顾姓。婚后夫妇唱和，伉俪情深，又因奕绘字子章，号太素，为与之匹配，遂字子春，号太清。中国的文坛长期由男性统治，女作家凤毛麟角。明嘉万以来，才有女子，结社吟诗，抒发自己内心丰富的情感。顾太清曾与当时京师的满汉才女结集秋红吟社，联吟诗词。《名媛诗话》说她“才气横溢，援笔立成。待人诚信，无骄矜习气，唱和皆即席挥毫，不待铜钵声终，俱已脱稿。”为中国古代著名女性文学家。

沈善宝（1808年～1862年）清字湘佩，钱塘（今浙江杭州）人。江

西义宁州判学琳女。咸丰时吏部郎中武凌云继室。陈文述弟子。沈氏幼秉家学，工于诗词，著述甚丰，有《鸿雪楼诗选初集》、《鸿雪楼词》及《名媛诗话》传世。沈善宝一生游走南北，广结各方才媛，尤其是通过《名媛诗话》的编撰，奠定了她在清道咸年间女性文坛上的领袖地位。

续书从贾政护送贾母灵柩回南，同宝玉重逢于毗陵驿中叙起，贾政将宝玉从一僧一道手中领回，宝玉一改往日倚红偎翠之习，入为翰林，进衙门当差。不久，与宝钗生有一子。写当了父亲的宝玉尽享天伦之乐，他喜欢"抱着芝哥站在栏杆前看牡丹"，还把那块通灵玉挂在儿子身上辟邪。但他本性终究难改，儿女私情依旧，小说让宝玉在林黛玉20岁冥寿时前去大观园祭奠，在潇湘馆中照一大元镜，重游太虚幻境，实为二人在梦中相见，梦醒后方知此番生死之恋如镜月水花之不可及，不禁怅然。小说一改其他继书大团圆滥俗模式，以一梦为了结，构思新颖。其间围绕荣、宁复业，重振家声的主旨，彻底地改变了《红楼梦》的悲剧结局。成为众多《红楼梦》续书中较受欢迎的一部。

小说对贾府怡红园生活如看灯、赏花、填词、猜谜、品茗、饮酒、听戏、奏笛等的描写，无一不惟妙惟肖，反映出燕京的民俗风味。在写到的诗社活动中，不少诗作都可在顾氏的《天游阁集》中找到。小说的语言纯熟精炼，当时与顾有着30年交情的江南著名作家沈湘佩在续书未完时，即取去阅读，对小说十分赞赏，曾嘱早日写成，并提前写了序言。

本书校点以洛阳白河书斋晁会元先生藏光绪三年(1877年)，由北京隆福寺聚珍堂出版活字半页十行行二十二字初印本为底本，加以标点而成。

敖　堃

2015年12月于南开大学

雲槎外史新編

紅樓夢影

光緒丁丑校印

京都隆福寺路南
聚珍堂書坊發兑